KB053087

글。엄태주

그림。한차연

배움의 배신

목차

★

프롤로그

★

나는 어느 순간,
내가 누구인지 모르는 어른이
되어 있었다

★

나는 어린 시절부터 무엇이든 배우기를 좋아했다. 뭔가를 배울 수 있는 곳이라면 어디든 마다않고 뛰어들어 배웠다. 그래서 나는 내가 '배우는 습관' 덕분에 성공할 줄 알았지 '배우는 습관' 때문에 길을 잃고 이렇게 오랫동안 방황하게 될 줄은 꿈에도 몰랐다.

학창 시절, 나는 꿈이 분명한 아이였다. 하고 싶은 것도 많았고, 그렇게 도전한 많은 것들에서 대부분 좋은 성과를 얻었다. 그 결과 소위 좋은 대학으로 불리는 학교 중 한 곳에 들어갈 수 있었고 우수한 성적으로 조기 졸업을 하기에 이른다. 역시 공부는 나 같은 사람이 하는 거지! 급기야 커다란 착각에 빠진 채 대학원까지 진학해 버린다. 그래서 대학을 졸업할 때까지만 해도 나는 내가 교육학 전공을 살려 교육계의 걸출한 학자라도 될 줄 알았다. 그때까지 공부로 크게 실패해 본 적이 없었기 때문이다. 사회에 나가서도 늘 하던 대로 열심히 공부하고 배우면 다 될 줄 알았다. 삶의 모든 장면들을 배우는 자세로 대하는 것이, 잘 사는 것이라 생각했다. 그러나 그건 정말이지 큰 착각이자 어마어마한 착오였다.

공부만으로도 충분한 시절은 딱 이십 대 초반까지였다. 스물넷이 되던 해의 어느 날, 나는 그만 커다란 벽에 부딪혀 버렸다. 학교에서 배운 대로 열심히 최선을 다해 살았는데, 그렇게 길을 찾아 왔는데 왜 나는 행복하지 않은가. 왜 몸에 안 맞는 옷을 입은 것처럼 답답하고 괴로울까. 누구보다 내 자신을 잘 안다고 생각해 왔는데 그게 아니었나 보다. 내가 꿈꾸던 길이, 내 길이 아니었나 보다. 그제야 비로소 깨달았다. 내가 꿈꾸던 장밋빛 인생 안에 정작 '나'는 없었다는 것을. 그때까지 아주 분명해 보였던 꿈이 처음으로 흔들리기 시작했다.

그렇다면, 나는 이제 어디로 가야 하지?

하지만 그때까지도 어떻게 하면 내 길을 찾을 수 있는지 몰라 여전히 '배우는 일'에만 매달렸다. 벽에 부딪힐 때마다 새로운 일에 뛰어들어 뭔가를 배우기 시작한 것도 바로 그래서였다. '문제가 생기면 배움을 통해 돌파한다' 그건 나의 오랜 습관이었다. 늘 그래 왔듯 공부해서 배우면 '정답'을 찾을 수 있을 것이라 생각했다. 문제집을 풀 듯, 시험 문제를 마주하듯 그렇게 오답을 하나씩 제거해 나가면 결국 정답을 찾을 수 있지 않을까? 인생에는 정답이 없다지만 그래도 아닌 것을 지우다 보면 정답에 제일 가까운 답을 찾을 수 있겠지. 그래서 나는 삶에서 괴롭고 힘든 순간을 만나면 '배움' 안으로 숨어들었다. 책을 읽었고, 시험을 쳤고, 무엇이든 공부해서 배워 나갔다. 일이 잘 안 될 때마다 떨어지고 실패하면서도 '뭔가를 배우고 있는 나'가 주는 위안 속으로 도망쳤다.

배우면 달라지겠지.

배우면 해결되겠지.

배우면 알 수 있겠지.

그렇게 계속해서 실수하고 떨어지고 실패하면서도 끝내 '배우는 일'에 매달렸고, '배움' 그 자체에 의미를 두었다. 때로는 시간을, 주로는 돈을, 가끔은 둘 다를 날려 가면서도 '어쨌든 뭐라도 남겠지'라는 생각에 여기저기를 들쑤시고 다녔다. 그리고 그 대부분은 좋은 추억, 뼈저린 경험처럼 눈에 보이지 않는 것들로 남았다.

나는 왜 이렇게 '배움'에 목이 말랐을까? 타고난 모범생이라서? 아니면 전형적인 자기주도학습자라도 되나? 전혀 아니다. 그저 어떻게 해야 사랑받고 인정받을 수 있는지를 잘 몰랐을 뿐이다. 어린 시절부터 사랑과 인정은 받고 싶은데 뭘 어떻게 하면 좋을지 잘 몰라서 그저 무엇이든 열심히 하면 될 것이라는 일차원적인 사고에서 벗어나지 못한, 반쪽짜리 모범생이었을 뿐이다. 마침 그 노력이 일정한 성과를 내 달콤한 결과로 돌아왔기 때문에 성인이 되고서도 오랫동안 그렇게 살았다. 내게 잘 맞지 않는 옷임을 알면서도 남들이 좋다고 하는 삶, 남들에게 인정받을 수 있는 삶 속으로 무작정 달려 들어간 것이다. 그러다 보니 정작 삶에서 가장 중요한 것이 무엇인지에 대해서는 깊이 고민해 볼 기회가 없었다. 아니, 고민하는 척하며 무수히 생각을 거듭했지만 제대로 된 답을 내지 못한 채 많은 시간을 흘려보냈다. 그러는 동안 여러 번 벽에 부딪혔다.

바로 **배움의 배신**이 시작된 것이다.

삶의 모든 문제를 '배우는 것'으로만 풀어 왔던 내게, 어느 날 갑자기 폭풍처럼 찾아든 '나는 누구인가'에 대한 본격적인 고민은 그동안의 문제해결 방식에 대해 크게 회의하는 계기가 되었다. 내 스스로 '배우는 나'에 취해서 위안받고 안심하는 사이, 정작 '나를 배우는 일'에는 소홀했기 때문이다. 그 결과 나를 둘러싼 세상의 모든 것을 알고 배우고 싶어 하면서도 정작 내가 누구인지에 대해서는 전혀 모르고 관심도 없는 어른이 되어 있었다. 그 사실을 깨달았을 때는 벌써 서른이 훌쩍 넘어 있었다.

여전히 나는 배우는 것을 좋아하지만 이제 그 깊은 곳에는 늘 '나'가 있다. 내가 누구인지, 어떤 사람인지, 무엇에 웃고 무엇에 우는지, 언제 기쁘고 슬픈지. 그래서 어떻게 살고 싶은지를 명확하게 깨달아가며 비로소 **진짜 배움**이 시작되었다.

학자가 되기에는
엉덩이가 가볍다

★

대학을 졸업할 무렵 나는 내가 공부에 최적화된 매우 우수한 인재라는 엄청난 착각에 빠져 있었다. 좋은 성적으로 얼결에 조기 졸업까지 하고 나니 그야말로 '공부는 나 같은 사람이 해야지!'라는 말도 안 되는 생각에 사로잡혀 버린 것이다. 자기객관화에 실패하면 그때부터 고통의 나날이 시작된다. 그나마 문제를 깨달으면 다행인데 자기객관화가 안 되고 있는 동안에는 문제를 발견하는 것조차 쉽지 않다. 문제를 모르니 내가 지금 아픈지 어떤지도 잘 모르고 나아가서는 내가 현재 있는 곳이 어디인지, 무엇을 하고 있는지 잘 모르게 된다. 그리고 고통이 고통인 줄 모를 때 가장 큰 위험에 처하게 된다. 인간에게 통증이라는 존재가 괜히 있는 것이 아니다.

나 역시 오랫동안 그런 상태였다. 부끄러운 고백이지만 정말로 나는 내가 학계에 꼭 필요한 우수한 인재라고 생각했다. 읽고 쓰는 일이 좋았고, 그 과정이 크게 힘들지 않았기 때문에 '연구'와 '공부'가 내 적성에 꼭 맞는 일이라고 믿었다. 그때까지 내 주변에서는 대학원에 진학해 연구자의 길을 간 사람이 거의 없었기 때문에 그곳에 가면 정확히 어떤 길을, 어떻게 갈 수 있는지 잘 몰랐다. 잘 모르는 상태에서는 흔히 용감해진다. 용감해지면 목소리도 덩달아 커지는 법. 부모님은 대학원에 가서 괜히 고생하지 말고 취업 준비를 하는 게 어떠냐고 하셨지만 나는 큰소리를 탕탕 쳤다.

아, 걱정 마세요! 저는 학자가 될 겁니다!

잘 몰랐던 걸 넘어서 무식했다. 열심히 하면, 될 줄 알았다. 열심히 책을 읽고 논문을 쓰고 배우고 익

19

히고 발표하고 그러면 다 될 줄 알았다. 실제로도 이것이 본질이기는 하다. 그런데 이 본질을 파고들기 전에 우선 대학원도 하나의 세계이자 사회라는 것을 당시에는 미처 생각지 못했다. 모든 세계에는 그곳만의 룰이 있다. 그 세계에 존재하기 위해서는 그 룰을 잘 알아야 하고, 적응할 줄도 알아야 한다. 해야 할 것도, 하지 말아야 할 것도 명확히 알고 이를 준수해야 한다. 하지만 그러기에 나는 쓸데없는 호기심이 너무나도 많았다. 게다가 그 호기심을 억누르지도 못하는 종자였다. 책에 뭐라고 쓰여 있으면 그게 정말인지 궁금했다. 정말이니까 책으로 나왔겠지만 나는 직접 눈으로 보고 온몸으로 부딪쳐 경험해 봐야 '아, 진짜네?' 하는 류의 사람이었으므로.

그러던 어느 날엔가 드디어 일이 터졌다. 논문 쓰는 방법을 배우는 수업 중 하나였는데, 그때까지 논문 주제를 제대로 못 정해 헤매고 있는데 교수님께서 이런 말씀을 하셨다.

태주 학생, 시간이 없으니 지금까지 나온 다른 사람들의 아이디어에서 힌트를 얻어도 좋겠어요.

교수님으로서는 최선의 방법을 알려 주신 셈이다. 실제 논문을 제출하는 것도 아니고 작성 방법을 연습하는 수업이니 크게 해가 될 것도 없다. 그런데 나는 그 자리에서 그만 '교수님, 그건 아닌 것 같습니다. 그렇게 하고 싶지 않습니다.'라고 해 버렸다. 고지식한 마음에 '그래도 다른 사람의 것을 취하면 안 되지' 하는 일차원적인 생각에만 머문 결과였다. 내 말에 순식간에 강의실 분위기가 얼어붙었다. 석사 과정생, 그것도 갓 입학해 1년도 안 된 새내기가 명망 있는 교수님께 그런 직언을 한다는 것은 당시의 분위기로서는 상상하기 어려운 일이었다. 그날 나는 처음으로, 휴학을 하고 다른 길을 한번 찾아 봐야겠다는 생각을 했다. 그 일 때문만은 아니었다. 짧은 시간이었지만 대학원에 머무는 내내 내가 원하던 삶이 아니라는 것을 은연 중 느끼고 있었다.

함께 공부하는 사람들도 좋고, 여러 교수님들을 만나 많은 것을 배웠지만 그것만으로는 부족했다. 연구실에 있는 동안 나는 늘 바깥세상이 궁금했고, 사람이 그리웠고, 사람들의 이야기가 듣고 싶었다. 그리고 그 이야기를 글로 쓰고 싶었다. 살아서 꿈틀

대는 한 편의 문학으로.

결국 이듬해 휴학을 하고, 한 시민단체에 들어가 한 해 동안 열정적으로 일했다. 첫 사회생활이니만큼 실수도 많았고 사람들과 부대끼며 상처도 여러 번 주고받았다. 하지만 그곳에서 나는 사람이 어느 순간에 웃고 어떤 순간에 눈물이 터지는지 마음으로 깨달을 수 있었다. 고된 삶 때문에 늦은 나이까지 한글을 배우지 못한 어머님들의 한글 교사 노릇을 할 때 들었던 '선생님, 우리 선생님'이라는 말. 외국인 노동자로 단칸방에 살면서도 주말이면 사람들을 초대해 고국 음식을 대접하며 '고마워요'라고 전해오던 말. 방학 때 급식이 멈추자 사무실로 찾아와 같이 밥을 먹고 미안한 듯 뒤통수를 긁으며 떠나던 아이들의 '잘 먹었습니다'라는 말. 그런 말들 속에서 나는 하루하루가 행복했고 그만큼 괴로웠다.

그 시절의 나는 끊임없이 절망하고 다시 희망했다. 무엇이 되고 싶은지 무엇을 위해 살아야 하는지는 몰라도, 적어도 내가 나로 살 수 있는 길 위에 서 있기를. 그리하여 내가 반드시 해야만 하는 일을 할 수 있기를 말이다. 그게 어떤 길인지 그곳으로 가려면 어떻게 해야 하는지 잘 알 수는 없었지만 그때 나는 가장 많은 글을 썼고, 가장 많은 말을 했고, 그래서 제일 많이 웃었고, 제일 많이 울었다.

해가 바뀌어 스물여섯이 되었을 때 나는 시민단체 활동가의 삶을 이어갈 것인지 아니면 대학원으로 돌아와 졸업을 할 것인지를 두고 큰 고민에 빠졌다. 활동가의 삶은 나를 살아 있게 만들었지만 그만큼 육체적으로나 정신적으로나 많은 에너지를 요구했다. 계속해서 활동가로 사는 일이 당시 나에게는 무척 버겁게 느껴졌다.

정든 사람들을 뒤로 하고 다시 대학원으로 돌아갔을 때 나는 좀 무기력해져 있었다. 과감하게 다른 길을 찾아 떠났지만 1년 만에 나왔고, 그렇게 돌아온 곳은 애초에 나의 길이 아닌 것 같다며 떠나왔던 곳. 그렇다면 나는 어디에도 적응하지 못하는 부적응자가 아닐까. 책에도, 바깥세상에도 그 어디에도 제대로 정착하지 못하는 사람이 아닐까. 그런 생각이 들자 학위고 뭐고 그냥 다 때려치우고 도망쳐 버리고 싶었다. 하지만 정말 그렇게 되면 내게는 무엇이 남을까. 대학 졸업 후 3년이 지나도록 나는 무엇을 한 걸까.

답을 모르겠으니 일단 졸업은 하자는 생각으로 남은 수업들을 다 들었다. 막막했지만 졸업 논문도 준비하기 시작했다. 여러 번 엎어지고 밀리면서 1년 반이라는 시간이 걸렸지만 결국 논문을 쓸 수 있었다. 그렇게 나는 다른 사람들이 2년이면 졸업할 것을 두 배인 4년이 걸려 가까스로 졸업했다. 이게 다 엉덩이가 가벼운 탓이다. 그런 주제에 학자가 되고 싶다며 큰소리를 쳤으니 내 인생의 흑역사는 대체 언제쯤 사라지게 될까.

한때는 이 4년을 '잃어버린 시간'으로 명명하며 안타깝게 여겼지만 지금은 전혀 그렇지 않다. 그렇게 지나온 시간이 있었기에 만날 수 있었던 사람들이 있고, 그로 인해 살아 있음을 느낄 수 있었으니 그것만으로도 충분하다. 사실 나는 아직도 이때의 기억을 버팀목 삼아 힘든 순간들을 지나곤 한다. 문득 떠오른 얼굴 하나로, 한마디 말로, 그리고 철없이 흘러 다녔던 젊고 어렸던 날의 기억으로.

예,
제가 바로 그 가방끈 긴
백수입니다

★

장래희망이 처음부터 백수인 사람은 아마 없을 것
이다. 나도 그랬다. 대학원에 입학할 때만 해도 나는
내가 졸업 후 백수가 될 줄은 꿈에도 몰랐다. 하지만
인생은 늘 계획대로 풀리지가 않는 법. 스물일곱이
되던 해 여름, 우여곡절 끝에 졸업을 하고 자연스럽
게 백수가 되었다. 대학 동기나 주변 친구들은 어느
새 제법 어엿한 직장인이 되어 있거나 저마다 자신
의 꿈을 찾아 한창 달려가고 있을 때였다.

그런데 나는 온갖 난리 블루스 끝에 결국 무직이
되다니! 어깨가 잔뜩 움츠러들고 마음이 한껏 구겨
지는 것만 같았다. 그렇다고 뭘 하겠다는 계획이 있

는 것도 아니었다.

물론, 다시 취업을 준비하기에 늦은 나이는 아니었지만 4년이 걸려 대학원을 가까스로 졸업하고 나니 왠지 마음이 위축되었다. 바로 저기가 고지다! 저기에 가면 답을 찾을 수 있을 것이다! 스스로를 채찍질하며 먼 길을 달려 왔는데 막상 와 보니 무엇을 바라 이렇게 달려 온 것인지. 여기가 어디인지 앞으로는 어디로 가야 할 지 모른 채 트랙 한가운데 홀로 덩그러니 남겨진 느낌이었다고 할까. 다른 차들은 쌩쌩 환한 헤드라이트를 뿌리며 멋지게 달려 나가는데 나는 대체 뭘 하고 있는 걸까. 엔진이 고장 난 고물차가 된 기분으로 그렇게 가을을 맞았다.

당시 나는 독립해 혼자 살고 있었는데 말이 독립이었지 다 같이 살던 집에서 다른 가족들이 떠나 혼자 남겨진 상태였다. 말하자면, '독립했다'가 아니라 '얼떨결에 독립이 되어 버렸다'라고 할까. 그렇다 보니 경제적인 상황도 그렇고 여러 가지로 준비가 안 된 상태였다. 게다가 나는 가족들 중 가방끈이 제일 길었다. 석사학위 하나 받은 걸로 가방끈을 운운하는 것이 민망하지만 아무튼 우리 집에서는 그랬다. 내가 제일 오래 공부했고, 그래서 돈도 가장 많이 들어갔는데 돈은 제일 못 벌었다. 그야말로 '가방끈 긴 백수'가 되어버린 것이다. 그래도 스물일곱이나 되었는데 집에 손을 벌리기엔 면목이 없어 파트타임으로 잠깐씩 일을 했다. 기억하기로 당시 내 전 재산은 사회초년생 한 달 임금 정도였고, 그게 내가 스물일곱 해를 살며 그때까지 벌어들인 돈의 전부였다. 하지만 언제까지 이렇게 살 수 있을까.

난 대체 지금까지 뭘 한 걸까?
나한테 남은 게 뭐지?

공부가 좋아서 공부를 했고, 사회가 궁금해 시민단체에서 일을 했다. 많은 사람들을 만났고 배웠고 논문을 써 학위도 취득했다. 하지만 그래서 뭐? So what? 죽을 때까지 잊지 못할 소중한 경험들을 했지만 가시적인 성과로 남은 것은 달랑 논문 한 권, 그리고 어느새 야금야금 먹어버린 나이. 나머지는 오직 나만 알고 혼자 뿌듯한 경험이지 그것만으로는 아무것도 할 수 없다. 밥을 먹을 수도 없고, 책을 사 볼 수도 없다. 그렇다면, 나는 지금까지 무엇을 한 것 인가. 그런 생각이 들면 마음이 가장자리부터 까맣 게 물들어 한 점의 빛도 없이 어둑해졌다. 어둠이, 실 제로 마음을 가라앉게 만드는 상당히 물리적인 존 재임을 그때 처음 깨달았다. 그런 날이면 종일 누워 천장만 바라보다가 밤이 이슥해져야 일어났다.

그런 중에도 잊지 않았던 것이 있다면 '글'이었다. 틈틈이 글을 썼다. 몇 편은 공모전에 내 상을 타거나 잡지에 실리기도 했다. 아주 작은 성취였지만 내게 는 그것이 생명수라도 되는 듯 숨통이 트였다. 당시 끼적였던 글들이 그럴듯한 작품으로 남거나 커다란 변화를 몰고 오지는 않았지만 그때의 나를 살게 했 다. 가방끈 긴 백수라는, 내가 가치 없고 무용한 존재 라는 생각을 완벽히 지울 수는 없었어도 그래도 그 하루를 살고, 다음날을 맞게 하는 유일한 이유가 되 어 주었다. 그러니까, 나를 계속해서 살아가게 했다.

이렇게 버티는 날들도 있는 것이다.

아직 괜찮다. 나는 괜찮다. 내 삶도 괜찮다.

맥락도 없고, 서론도 결론도 없는 글들이었다. 나는 글에서조차 솔직하지 못하여 마음과는 다른 글들을 많이 썼다. 괜찮지 않을 때 '괜찮다'라고 썼고, 좋지 않을 때 '좋다'라고 썼으며 즐겁지 않을 때 '즐겁다'라고 썼다. 그런 글들일수록 꺼내어 자주 읽었다. 아주 가끔 깊은 속마음이 드러난 글도 있었는데, 주로 잠이 안 오는 밤에 실컷 울고 나서 토해 내듯 쓴 글들이었다. 그곳에는 한 다발의 욕도, 장마철 폭우 같은 분노도 있었고 내 자신의 무가치함을 탓하는 자학적인 글도 물론 있었다. 그런 글들은 쓰고 나서 대부분 찢어 버렸고, 컴퓨터로 썼다면 암호를 걸거나 비밀글로 숨겨 두었다.

그래도 겉으로는 잘 지냈다. 불안하고 힘들었지만 함께 그 시간을 지나는 사람들이 있었기 때문이다. 때로는 가족도, 내 자신조차도 잘 이해하지 못하는 나의 행보를 내 주변 사람들은 기꺼이 응원하고 다독여 주었다. 가족보다는 먼 타인이라 그럴 수도 있겠지만 힘든 시기에는 그런 적절한 거리감이 주는 신뢰와 은은하게 다가오는 다정함으로 버티기도 하는 것이다.

그렇게 얼렁뚱땅 새해가 되고 스물여덟이 되었다. 키도, 마음도, 통장 잔고까지도 그대로인데 나이만 계속해서 늘고 있었다. 그런 상태로 설 연휴를 맞아 시골집에 내려갔다. 울적한 마음에 누워서 TV나 보고 며칠을 자리에서 일어나지도 않고 뒹굴었는데 나를 가만히 보시던 엄마가 문득 그러셨다.

우리 노래방 갈까?

노래방요?

노래방 갔다가 맛있는 거 먹고 들어오자.

아, 귀찮은데.

왜, 바람 쐴 겸 잠깐 가자.

아이...

그러면서도 나는 끝내 못 이기는 척 따라나섰다. 설이라 함께 시골집에 내려와 있던 오빠가 운전을

맡았다. 털털거리며 시골길을 달렸다. 한참을 검색한 끝에 찾아낸 노래방은 읍내 구석 다 허물어져 가는 건물 2층에 자리하고 있었다. 아직도 기억나는 이름, 퀸 노래방. 문 앞에서 주춤대다가 들어가니 주인이 반갑게 맞았다. 세밑이라 그런지 아무도 없이 썰렁했다. 적당한 방을 골라잡고 앉았는데 얼마만의 노래인지 기억도 나지 않았다. 구석에 나란히 앉아 어색하게 노래책을 집어 드는데, 넉넉히 들어간 시간이 벌써 줄어들기 시작했다. 엄마는 '어머, 얼른 찾아서 불러!'라며 먼저 번호를 꾹꾹 누르셨다. 엄마의 애창곡 전주가 흘러나오고 오빠가 탬버린을 흔들었다. 이 조합은 대체 뭐지? 읍내 구석에서 겨우 찾아낸 작고 오래된 노래방. 아무도 없는 한적한 오후에 한 가족이 어색하게 들어와 노래를 부른다. 애창곡을 열창하고 있는 엄마. 얼떨결에 따라 나와 탬버린을 흔들고 있는 아들. 흘끔흘끔 두 사람을 보며 왠지 움츠러든 마음으로 노래방 책자를 넘기고 있는 딸. 엄마의 노래가 끝나자 오빠가 '다음은 접니다!'라며 신나는 노래를 선곡했다. 그 순간 아주 오래전 어린 시절로 돌아간 것만 같았다.

그날 우리는 별의별 노래를 다 불렀다. 발라드부터 록, 팝송, 동요, 트로트. 부를 수 있는 노래는 다 불렀다. 가족 앞이니까 부끄러운 것도, 미안한 것도, 민망한 것도 없었다. 아니, 가족 앞이라 부끄럽고 미안하고 민망했던 마음이 어느 순간 스르륵 사라졌다. 모르겠다. 노래의 힘인지, 노래방의 힘인지 무엇인지. 사장님이 자꾸 시간을 더 넣어 주셔서 나중에는 셋이 아픈 목을 부여잡고 가까스로 노래방을 나왔다. 점심으로 국수 한 그릇씩을 먹었던가. 우리 집에서는 생일이나 다른 중요한 날들에 주로 국수를 먹었다. 명 길게 오래 살라고. 나는 앞으로 남은 날들이 까마득해 자꾸 눈물이 날 때가 많은데 그럴 때 꼭 국수를 먹어서 괜히 마음이 더 일렁이곤 했다. 나는 기쁜 건가 슬픈 건가. 정말 내 수명이 더 늘어나면 어떡하지. 좋은 건가 나쁜 건가. 다행인가 불행인가. 그날은 문득 어느 쪽이든 괜찮다는 생각이 들었다. 괜찮지 않아서 괜찮다고 하는 게 아니라, 정말로 괜찮아서 괜찮다는 생각.

오랜만에 노래를 부르니 좋구나.

그러네요. 재밌었어요. 너는 어떠냐?

나?

오빠의 말에 후룩, 입 안의 국수를 넘기고 얼른 대
답을 하려는데 슬쩍 웃음이 나왔다. 그 순간 내 마음
의 가장자리부터 조금씩 빛이 들기 시작했는지 마
음이 한결 가벼워진 것도 같았다.

나도 좋았지.

문득 앞으로도 이런 순간들이 또 있지 않을까. 어
떻게든 하루하루를, 이렇게든 저렇게든 아무튼 살
다 보면 또 이런 순간들이 찾아오지 않을까. 조금은
기대감이 생겼다. 그렇다면, 한번 가 보자. 어디로 가
야 할지는 아직 모르겠지만, 지금까지 내가 걸어온
길도 앞으로 걸어갈 길도 잘 모르겠지만 어쨌든 살
아는 가야 하니까. 그렇게 다짐하고 몇 가지 시험을
준비하고 떨어지고 붙고 하면서 나는 이십 대의 막
을 내렸다. 스무 살 이후로 십 년 동안 나는 대체 뭘
한 것인가에 대한 괴로움과 허탈감이, 삼십 대를 앞

둔 내 발목을 잡으며 여전히 묵직한 어둠으로 끌어 내릴 때가 많았지만 그럴 때는 애써 떠오르려 하지 않았다. 몸에 힘을 빼고 물살에 몸을 맡기면 자연스럽게 떠오르는 순간이 있다. 그때 다시 움직이면 된다.

어쩌면 나는 퀸 노래방의 구석에서 온갖 노래를 부르던 그때 이미 알았을지도 모르겠다. 애써 찾은 노래를 엉망으로 불렀다가 잘 불렀다가 하며, 박자를 놓쳤다가 찾았다가 하며, 뭉클했다가 깔깔 웃었다가 하며 아무튼 그렇게 우당탕탕 하루를 보내면 된다는 것을. 그러면 기막히게 다시 새로운 날이 찾아오고 그날도 힘을 내어 다시 또 어떻게든 하루를 보내면 된다는 것을. 마치 우리의 인생도 노래를 부르는 것과 같아서 잘 안 되는 순간에도 일단 웃어볼 수는 있겠다는 사실도 함께 말이다. 그렇게 나는 다시 내 나름대로의 방식으로 살아가 보기로 결심했다. 그렇다고 단번에 백수의 삶을 탈출할 수 있었다거나 당장 눈앞에 보이는 성과가 있는 것은 아니었다. 그럼에도 전과는 크게 달라진 게 사실이었다. 경제 활동을 잠시 쉬고 있다고 해도 '목표와 방향'이 있으면 그 삶에는 힘이 생긴다. 오늘 하루를 살고, 다시 다가오는 내일 하루를 살 힘 말이다.

백수로 살았던 2년을 나는 그렇게 보냈다. 뭔가 잘 안 풀리고 망하고 좌절하는 순간도 많았지만, 그래도 어떻게든 내게 주어진 하루를 보내는 일에 마음을 두었다. 하루하루가 쌓일수록 마음이 단단해져 갔던 것도 그래서일까. 여전히 내가 무엇으로 살아야 하는지는 잘 모르겠지만 일단 뭐라도 해 보자. 그리고 드디어 2년간의 백수 생활에 마침표를 찍고 한 교육 회사에 입사해 연구원이 되었다. 스물아홉, 봄의 일이었다.

(2)
취미는 시작하기,
특기는 그만두기입니다
★

내 앞길은 모르는 진로진학 전문가

★

취업 막차를 타고 간신히 들어간 회사는 한 교육 기업의 부설 청소년교육연구소였다. 입사 후 처음으로 돌아오는 월초 직원회의에서 신입사원들의 자기소개 시간이 있었다. 지금까지 춤과 노래를 준비하거나 이름으로 삼행시를 읊는 등 다양한 사람들이 있었다고 했다. 나는 뭘 할까 고민하다가 사진 몇 장을 넣어 프레젠테이션을 준비했다. 나름 특색 있게 한다고 서울 모처에 사는 엄 모 씨가 사연을 보냈다는 식으로 콩트처럼 멘트를 잔뜩 준비했다. 다음 날 드디어 내 차례가 되어 두근거리는 마음으로 강단 앞에 섰는데 아뿔싸! 갑자기 빔 프로젝터가 푹! 하고 꺼졌다. 나는 물론이고 앞쪽에 앉았던 직원들의 눈이 둥그레졌다. 억! 이거 어떡하죠?! 시간은 흐르고 프로젝터는 영 돌아올 기미를 안 보였다. 나중에 간신히 켜졌지만 당황하는 바람에 준비했던 콘셉트는 아예 시작도 못하고 허둥대다가 아무 말 대잔치로 끝내 버렸다. 왜 그랬는지 모르겠지만, 나는 이런 말로 소개를 마무리해 버렸던 것이다.

저는 글을 쓰는 사람입니다. 글을 쓰고 있는 한은 모두 작가가 아닐까요. 이제 저를 회사에서 만나면 꼭 글 잘 쓰고 있느냐고 물어봐 주시면 감사하겠습니다.

나중에 실제로 모 부서의 과장님 한 분이 '요즘 글은 잘 쓰고 계세요?'라고 물어보셔서 화들짝 놀랐다. 안 쓰고 있었기 때문이기도 하지만, 그 지나가는 말 한마디를 기억하고 물어 온 다정한 마음이 참 고마워서였다. 그렇게 청소년교육연구소에 새로 들어온 늦깎이 신입 연구원은 우당탕탕 회사 생활을 시작했다. 연구소 식구들은 나까지 모두 5명이었다. 이사님, 차장님, 두 분의 과장님 그리고 나. 지금 생각하면 아무것도 모른 채 의욕에만 불타올라 회의 시간마다 엉뚱한 이야기를 늘어놓던 신입을 어쩜 그리 잘 이해해 주시고 다독여 주셨을까. 엉덩이가 가벼워 이리저리 흘러 다니기를 잘했던 내가 그곳에서 3년 동안 일하며 제법 연구원 역할을 할 수 있었던 것은 모두 동료들의 힘이었다.

지금 생각하면 대체 왜 그랬나 싶은 에피소드도 있는데, 들어간 지 얼마 안 되었을 때의 주간 회의 시간. 자자, 다들 편하게 말해 봅시다. 우리 부서 일도 좋고, 회사 전체 일도 좋고. 이걸 이렇게 바꾸어 보자 하는 게 있을까요? 이사님의 말씀에 우리는 다들 한 마디씩 할 준비를 했다. 차장님, 과장님을 지나 내게로 온 발언 기회! 어떤 아이디어라도 환영이라는 말씀에 용기를 냈다.

저... 우리 회사 이름을 바꾸었으면 좋겠습니다!
???
회사 이름이 좀 예스럽기도 하고, 그래서 회사 이름을 바꾸어 보면 어떨까 합니다!

당시 아무 말도 못 하고 어안이 벙벙해 있던 차장님, 과장님의 얼굴이 떠오른다. 이사님은 할 말을 잃고 나를 바라보시다가 한참 만에야 입을 여셨다. '아니이, 그런 아이디어 말고 좀 현실적인 것을 이야기해 봐요...'라고 좋게 말씀하셨다. 말하자면, 이제 막 입사한 신입이 한 기업의 이름을 바꾸자는 아이디어를 낸 것. 생각이 아주 기가 막히게 짧았던 나는 그때에도 '응? 안 되려나? 비현실적인 생각인가?' 하며 고개를 갸웃거렸으니 통탄할 노릇이다. 그때의 나를 만난다면 딱밤이라도 한 대 때리며 '아이디어가 없으면 제발 그냥 가만히 있어!'라고 소리치고 싶다. 하지만 뭐, 무식해서 용감했던 시절의 에피소드 하나쯤은 다들 있겠지. 하하.

그렇게 업무에 어느 정도 익숙해질 무렵부터 전국을 가로지르는 출장이 시작되었다. 중3에서 고3에 이르는 학생들의 진로진학 탐색 프로그램을 기획하고 운영하며 수많은 중고등학교를 다녔다. 가까이는 경기도, 멀게는 강원도와 제주도까지 오가며 자연스럽게 길 위에서 많은 시간들을 보냈다. 날마다 새로운 학교에서 새로운 학생들을 만나 낯선 풍경 속에 뛰어드는 일은 분명 큰 설렘을 느끼게 했지만 때로는 막막한 두려움을 안기기도 했다. 일의 특성상 학생들 개개인의 진로와 진학에 관한 구체적인 정보를 제공하고, 저마다의 고민에 대한 명확한 답을 즉석에서 제시해야 했기 때문이다. 나를 선생님이라 부르며 짧게는 1년 길게는 3년에 달하는 자신의 학창 시절을 온전히 내보이던 아이들. 모델이 되고 싶은데 무엇을 준비해야 할지, 의대에 가려면 어느 정도로 공부해야 하는지, 수시가 좋을지 정시가 좋을지, 이 등급으로 과연 '인 서울'이 가능할지. 아이들마다 살아온 환경도, 하고 싶은 일도 모두 달라 나는 한 입으로 백 마디 천 마디를 하는 기분이었다. 순간순간 최선을 다해 답했지만 그것이 과연 아이들에게도 최선일지는 알 수 없는 일이었다.

시간이 흐를수록 내가 하는 말들이 두려워졌다. 수많은 데이터를 분석하고 경험에 근거해 최선의 답을 찾아 전해도 '삶'이라는 불확실하고도 거대한 소용돌이 앞에서 내가 하는 말들의 무게는 한없이 가벼웠다. 당장 오늘 일도 모르는데, 아직 오지 않은 미래를 두고 그럼에도 '확실하게', '자신 있게' 답해야 하는 일은 나의 성정과 잘 안 맞았다. 물론, 사람이 하는 일이고, '가능성'을 타진하는 일이었기에 완벽한 답을 구하는 것은 애초에 불가능하다는 것을 알고 있었다. 하지만 당장 나의 앞길도 모르는 주제에 '진로진학 전문가'의 타이틀을 달고 전국을 누비며 수많은 학부모와 학생들 앞에 서는 일은 결코 쉽지 않았다.

특히 교육소외와 교육격차 문제에 관심을 두고 공부하던 과거의 나와 입시 관련 일을 하는 현재의 내가 너무도 다른 사람으로 느껴져서 유독 힘들어하던 시기가 있었다. 이를 눈 여겨 보던 이사님은 어느 날 그런 말씀을 하셨다. 진학이나 입시 관련 일이 나쁘다고 생각해요? 아니오, 그런 건 아닌데... 제가 아무래도 전혀 다른 일을 하다 와서... 교육에도 이쪽 끝과 저쪽 끝이 있지요. 양극단을 보고 느끼고 생각해 보는 것이 엄 연구원에게도 도움이 될 거라고 믿어요. 네에.

고개를 끄덕이며 돌아 나오던 길. 나는 문득 어느 출장길에서 보았던 풍경 하나를 떠올렸다. 세상 저 편으로 노을이 짙게 물들던 늦봄 저녁이었다. 조금 씩 어두워지는 하늘만큼 마음도 무겁게 가라앉던 귀갓길. 슬프고 괴롭다. 그냥 하면 되는데, 그냥 살면 되는데 나는 왜 그게 잘 안 될까. 나는 왜 이렇게 살 고 있는 걸까. 그게 안 되는 내가 괴롭고, 그러면서도 다시 또 하루를 이렇게 살 수밖에 없는 내가 슬프다. 나로 평생을 살았는데 아직도 나를 이렇게나 모르 다니. 누구나 결국에는 나로 살다가 나로 죽을 수밖 에 없는데, 이렇게 아무것도 모르는 채로 살아도 되 는 걸까. 좀 더 살면 그래도 알 수 있을까. 내가 왜 이 렇게 사는지. 내가 왜 이런 사람인 건지.

오늘처럼 문득 그 무렵의 내가 떠오르는 밤이 있다. 그러면 자연스레 그날의 풍경도 함께 떠오른다. 살아가며 그런 풍경 하나쯤 마음속에 품고 살아도 좋겠지. 이런 생각을 하면 왠지 스물아홉의 내가 아주 가까이에서 오늘의 나를 기꺼이 안아주고 있는 것만 같다. 그래서 슬프지만, 슬프지 않다.

아이는 내 이름을
'자소서'로 저장했다

★

자기소개서. 속칭 '자소서' 첨삭은 진로진학 강사로 일할 때 내가 담당하던 주요 업무 중 하나였다. 보통 '코칭'이라고 이름 붙은 이 업무는 고1부터 고3까지 대학 입시를 준비하는 학생들의 자기소개서를 읽고 부족한 부분들에 대해 코멘트를 달아 전하는 일이었다. 연구소에 들어와 본격적으로 이 일을 하게 되었지만 사실 이것이 처음은 아니었다.

나는 열아홉 살, 아직 고3이던 시절에 처음 자기소개서 첨삭을 시작했다. 대학에 먼저 합격하는 바람에 빈 시간을 다른 친구들의 원서를 검토해 주며 보내게 되었는데 그때 주로 담당했던 것이 자기소개서를 첨삭하는 일이었다. 좋은 마음으로 시작한 일이었고 보람도 컸지만 이렇게 오랫동안 심지어는 업으로 하게 될 줄은 그때는 미처 몰랐다. 사실 자기소개서 첨삭은 꽤 고강도의 노동이다. 가만히 앉아서 글을 쓰고 지우는 일이 뭐가 그리 힘들까 생각할 수 있지만 글을 쓰는 일에도 상당한 체력이 소모되는 것처럼 자기소개서도 비슷하다. 특히 내가 쓴 글이 아니기 때문에 제대로 이해하려면 무척 집중해야 하고, 목적이 뚜렷한 글인 만큼 '합격'이라는 결과를 위해 꽤나 큰 부담을 안고 보아야 한다.

특히 나는 학교 측의 의뢰를 받고 직접 학교를 방문해 코칭하는 일이 대부분이었기 때문에 늘 마음 한쪽에 무거운 짐을 안고 있는 기분이었다. 물론, 입시가 자기소개서만으로 결정되는 것도 아니고, 이는 1차 평가 시 '여러 서류' 중 하나로 '읽힐' 따름이었지만 그래도 뭔가 크게 '한방'을 보여 주지 못하면 플러스는 고사하고 마이너스가 될까 봐 노심초사 준비하게 되는 것이다.

그러다 보니 가끔 이 자기소개서 첨삭이 마치 '비리의 온상'처럼 호도될 때가 있었는데, 바로 '대필 의혹'이었다. 하지만 첨삭과 대필은 크게 다르다. 첨삭이 '이미 쓴 글'에서 부족한 부분을 검토해 더 잘 쓸 수 있도록 코멘트를 하는 일이라면, 대필은 말 그대로 당사자가 아닌 타인이 대신 써 주는 행위이므로 이는 엄연한 불법이 된다. 물론, 가끔 너무 엉망이라 차라리 다시 쓰는 게 낫겠다 싶은 글들이 있기는 했다. 그래도 나의 역할은 어디까지나 '코멘트'였기 때문에 그런 글에서도 한줄기 빛과 같은 장점을 찾아서 이를 전면에 부각시키는 데 집중했다.

그렇게 적게는 열 명에서 많게는 스무 명, 서른 명의 글을 종일 보고 오면 온몸에 힘이 쫙 빠지곤 했다. 그래도 가끔 그 안에서 보석들을 발견할 때가 있어 찰나가 주는 기쁨과 희열로 그날들을 살았다. 고되었지만, 자기소개서를 통해 자신이 가고픈 길을 다시 한번 명확하게 만나고 새겼다는 아이들을 볼 때마다 나도 내 인생의 자기소개서에 쓸 다짐 한 줄을 새롭게 채워 넣는 느낌이었다.

그렇게 몇 년을 살던 즈음이었다. 한 시 도 교육청 학습지원센터의 의뢰로 매주 토요일 오전과 오후 두 차례에 걸쳐 관내 고등학교 학생들을 정기적으로 만나 자기소개서 쓰기에 대한 수업을 진행하던 참이었다. 아이들은 참 예뻤다. 모처럼 쉬는 주말에 놀고 싶을 텐데도 이른 아침부터 센터에 나와 미래를 위해 투자한다는 것이 기특했다. 그래서 꽤 먼 곳이었지만 나도 새벽같이 짐을 꾸려 왕복 세 시간이 넘는 거리를 한달음에 달려갔다. 아이들을 만나 목이 쉬도록 강의를 하고 자기소개서를 읽었다. 그러다 한 학생이 일정 때문에 다음 수업에는 못 온다고 해서 이메일 주소를 가르쳐 주며 이쪽으로 보내 주면 온라인으로라도 첨삭을 해 주겠다고 말했다. 원서 접수가 얼마 남지 않은 시점이라 어떻게 해서든 아이에게 도움이 되고 싶었다.

첫날 내가 핸드폰 번호 가르쳐 줬는데 혹시 있니?

아, 아마 있을 거예요.

이메일 보내고 그 번호로 문자 한 통 넣어 줄래?

잠시만요. 번호 있나 볼게요.

수업이 끝난 뒤에 어수선한 컴퓨터 선을 정리하며 아이의 핸드폰 화면 쪽으로 길게 목을 빼 들여다보는데 내 번호가 있다.

아, 여기 있어요! 네, 이메일 보낼게요. 감사합니다.
어, 으응.

내 번호가 '자소서'라는 이름으로 저장되어 있었다. 그때의 기분을 무엇이라고 표현할 수 있을까. 번호를 어떻게 저장하든 그것은 아이의 자유다. 아이가 가장 편하게 기억할 수 있도록 저장하는 것이 중요하다. 혹시 전화라도 오면, 혹은 전화를 할 일이 생기면 빠르게 찾을 수 있도록 핵심 키워드로 한다는게 '자소서'였겠다. 그래, 그랬겠지. 맞는 말이다. 그시절 나는 '자소서'로 살았으니까. 내 인생의 진로나 자소서는 어디로 가는지 몰라도 다른 사람들의 자소서는 끊임없이 읽고 분석하고 더 낫게, 더 좋게, 더 훌륭하게 다듬는 것. 바로 그게 '내 일'이었고, '내 생계'였고, '내 호구지책'이었으며 타인이 보는 '내 전문성'이었으니까.

마침 내 이력이 그 일과 너무 잘 맞아떨어져서 애써 나를 내보이거나 증명하지 않아도 나는 어렵지 않게 '자소서' 일을 할 수 있었다. 그러니 얼마나 감사하니. 너의 도움을 받아 사람들이 원하는 학교에 가고 원하는 직장에 들어가잖아. 엄마는 어느 날엔가 그런 말씀도 하셨다. 실제로 나는 대학에 들어가서도 오랫동안 친구, 지인, 친척, 사돈의 팔촌들이 써내야 하는 '자소서'의 검토자가 되어 오랜 밤낮을 보냈다. 보답은 주로 '칭찬과 감사'의 말이었다. 그리고 나는 빠르게 잊혔다. 좋은 마음으로, 특별한 보답을 바라고 시작한 것은 아니었지만 때로 그 일이 힘에 부칠 때는 적잖이 툴툴거리기도 했다. 이들에게 나는 무엇인가. 왜 내 존재를 이렇게 일회용품 쓰듯 쓰고서는 잊는가. 잊어버리는가.

　　세상에 누가 자기소개서 봐 준 사람을 오래오래 기억하며 감사해한다고, 나는 고마움을 잘 표현하지 않는 사람들을 섭섭하게 여겼을까. 뭐가 그리도 속상했을까. 돌이켜 보면, 애초에 내 기대부터가 잘못된 것이었지만 좀 더 어린 시절의 나는 내 존재가

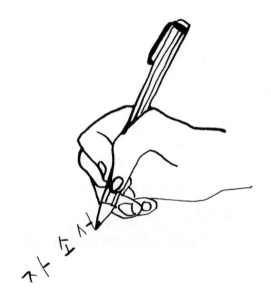

자소서

그렇게 잠깐 소용에 닿고 만다는 것이 때로 무척 섭섭하고 아팠다. 그래, 아팠다. 내 번호를 '자소서'로 저장한 아이에게도 불쑥 그런 마음이 들었던 것 같다. 그래서 쿨하게 보내지 못하고 기어코 한마디를 던지고 말았다.

어머, 선생님 이름이 자소서야?
아, 그건 아닌데요...

웃으며 말하긴 했지만 분명 내 목소리 어딘가에 미묘한 불편감이 섞여 있었을 것이다. 아이는 그것을 알았을까. 머쓱하게 뒷머리를 북북 긁다가 아이가 겸연쩍게 웃었다. 나도 마주 웃어주며 작은 소리로 '내 이름은...' 하려다가 관두었다. 첫날에도 내 이름을 번호와 같이 적어 주었더랬다. 애초에 적지 않았다면 이유가 있겠지. 잠시 스쳐가는 인연에게 뭐 그리 의미 있는 이름과 서사를 부여할까. 나는 아직 멀었구나. 이렇게 아이들에게 기대를 하고, 인정받고 싶어 하고 오래 남고 싶어 하니 이것도 병이다. 아니, 인정받고 싶다기보다는 그래도 내 이름이 자소

55

서는 아니니까요. 그게 아직 덜 되었다는 거다. 아니, 그게 아니라...

아이를 보내고도 한참을 내가 나와 씨름했다. 나를 정죄하고 혼내려는 나와, 어떻게든 내 마음을 읽어 변호하려는 내가 한참을 싸우고 있을 즈음 문득 머리를 스치는 깨달음이 있었다. 지금의 내 일에 내가 온전히 만족하고 있다면? 이 일을 사랑하고 있다면? 여기에 자부심을 느껴 내 자신과 물아일체가 된 것처럼 그렇게 살고 있다면? 아니, 그렇게 살지는 못해도 그런 삶을 바라고 있다면? 그렇다면, '자소서'가 뭐 어때서? '자소서'로 저장된 게 뭐 어때서? 오히려 삼보일배의 자세로 거듭 감사하며 기뻐할 일이 아닌가? 그런데 나는 왜 이렇게 이 사소한 일에 목을 매며 오만 가지 감정들에 꽉 붙들려 있을까?

그때에야 비로소 내가 이 일을 그렇게까지 좋아하거나 사랑하지 않는다는 것을 깨달았다. 그러니까 나는, 이 일을 잘해서 생계로서 돈을 벌고 있지만 좋아하지는 않는다. 사랑하는 것은 더욱 아니다. 그렇다고 이건 일이지 하며 업무적으로만 보아 깔끔하고 명확하게 내 안에서 떠나보내지도 못한다. 어쨌든 그것은 내가 사랑하고 있는 '글쓰기'의 일부였고, 소위 '글밥'을 먹는 일 중에 하나이기는 했으므로. 그래서 확 끌어안지도, 훌훌 털어버리지도 못하고 애매하고 이상하게 뒤엉켜 버린 일이 바로 이 '자소서 첨삭'이었다. 그랬군. 집으로 돌아오는 먼 길 위에서 나는 이따금 웃고 어쩌다 한숨을 깊이 내쉬었다. 그러고도 한참을 더 이 일을 붙들고 살았다. 그 외에 달리 내게 밥줄이 되어 줄 일이 보이지 않았기 때문이다.

그리고 2023학년도를 마지막으로 자기소개서는 대학 입시에서 사라진다. 막상 사라진다고 하니 마음이 이상하다. 어느 쪽이든 대학은 자신의 학교에 맞는 우수한 인재를 골라낼 방안들을 연구할 것이고, 언제고 다시 자기소개서가 부활할 수도 있겠지만 아무튼 당분간은 입시에서 볼 일은 없을 듯하다. 어느 쪽이 더 나은지 사실은 잘 모르겠다. 장단점은 어디에나 존재하니까. 다만, 이것이 입시나 입사의 도구 중 하나로 기능하기보다는 정말로 내가 어떤 삶을 살아왔고, 어디로 가고 싶어 하는지를 알 수 있는 '삶의 도구'로 활용된다면 쓰는 사람은 물론, 그것을 읽는 사람에게도 꽤 큰 도움이 되지 않을까. 나도 말만 할 게 아니라 모처럼 내 삶을 다시 돌아볼 수 있는 자소서 한 편을 써 봐야겠다. 내가 곧 자소서라는 말이 틀린 것은 아니네. 돌이켜 보니 그렇다. 아이가, 참 통찰력이 있었다. 여전히 아이를 통해 배운다.

소설 창작 수업을 듣다가

★

'무슨 수업이 작품을 내고 통과가 된 후에야 수강할
수 있담?'

서른이 되던 해 늦여름이었다. 2년 차 직장인이
된 나는 연구원으로서의 삶에 어느 정도 익숙해진
상태로 비슷비슷한 날들을 보내고 있었다. 무슨 바
람이 불었을까. 어느 날 야근 중에 이런저런 메일을
들추어 보다가 우연히 한 글쓰기 아카데미에서 발
송된 광고 메일을 클릭해 들어갔다. 여러 글쓰기 수
업들이 한창 진행되고 있었고, 이제 곧 새롭게 시작
될 강의들도 있었다. 어서 다 못 쓴 칼럼을 마무리하

고 내일 보낼 교육 뉴스레터 글감을 손보아야 하지만 나는 좀처럼 아카데미를 빠져 나가지 못하고 무엇엔가 이끌리듯 천천히 읽어 내려갔다. 그러다 한 '소설 창작 수업'을 클릭해 들어갔다. 그 수업의 개강은 다음 주로 바짝 다가와 있었다.

게다가 다른 수업들과는 달리 시작 전에 먼저 작품을 제출해 통과한 후에야 수업을 들을 수 있다고 했다. 흠, 제법 까다롭군. 작품을 내라는 소리에 그냥 관두어 버릴까 하다가 괜한 오기가 생겼다. 얼마 만에 열어 보는 폴더일까. 연구소에 입사하기 전까지만 해도 매일같이 드나들며 되든 안 되든 일단 써 내려갔던 글들의 모음 폴더를 나는 '쓰거나 버리거나'라고 이름 붙여 두었다. 마지막 접속은 연초였다. 계절이 두 번 바뀌고서야 가까스로 다시 들어가다니. 폴더 속 파일들을 열어 보는데 딱히 마음에 드는 글이 없었다. 폴더 이름과는 달리 전부 버려야 할 것들로 보였다. 벌써 서른인데 나는 지금까지 무엇을 한 걸까. 아무것도 이루지 못하고, 심지어는 이렇다 할 글도 쓰지 못했는데 무엇을 바라 이렇게 살고 있단

말인가. 속상하고 착잡한 마음에 사이트를 그냥 나
와 버렸다.

　다음 날 소설 창작 수업 따위는 까맣게 잊고 다시
바쁘게 하루를 보내고 밤을 맞았다. 우두커니 방에
들어앉아 있는데 문득 그 생각이 났다. 소설. 모두 버
려야 할 글들만 모아 놓은 폴더도 떠올랐다. 나는 왜
쓰지도 그렇다고 버리지도 못한 글들을 오늘까지
끌고 왔을까. 울적한 마음으로 컴퓨터를 켜고 소설
창작 수업을 한다는 아카데미 사이트를 찾아 들어
갔다. 한번, 보내 볼까. 글이 안 좋아 떨어지면 뭐 어
쩔 수 없지. '쓰거나 버리거나' 폴더를 클릭했다. 결
국 웬만큼 완성본이라고 저장해 두었던 소설 한 편
과 동화 한 편을 간신히 찾아내 메일을 썼다.

　안녕하세요.
　저는 소설 창작 수업 신청자 엄태주라고 합니다.
　최근에 거의 글을 못 써서 예전에 썼던 글 두 편을
보냅니다. 감사합니다.

너무 간단한가? 혹시나 해서 기어코 몇 마디를 덧붙였다.

안녕하세요.
저는 소설 창작 수업 신청자 엄태주라고 합니다.
최근에 거의 글을 못 써서 예전에 썼던 글 두 편을
보냅니다. 많이 부족한 글이라 내놓기가 부끄럽
습니다. 기회를 주신다면 정말 열심히 쓰고 지우
며 최선을 다해 배우고 노력하겠습니다.
감사합니다.

구구절절하다. 너무 없어 보이나? 아니, 뭐 없는
게 맞지. 써 놓은 글도 별로 없고, 그래서 자신도 없
으니까 수업이라도 들어 보려는 거지. 내가 미친 듯
이 잘 쓰면 다 필요 없지. 누가 뭐라고 하지도 않았는
데 괜히 혼자 컴퓨터를 뚫어져라 보며 입씨름을 했
다. 그래! 이거 떨어지면 더 좋아! 수강료 아낀 기념
으로 피자라도 사 먹자! 그러면서도 내심 붙기를 바
랐다. 설마, 여기에서조차 떨어지겠나. 하지만 진짜
떨어지면 어떡하지. 그럼 글쓰기 폴더는 이제 그만

삭제하고 연구소 일이나 열심히 해야지. 5년 차, 10년 차 직장인이 되어 알뜰살뜰 돈을 모으고 결혼도 하고 아이도 낳... 아무튼 다시는 돌아보지 않을 테다. 글 따위는.

이튿날, 통과 여부는 문자로 알려 준다는 답장이 왔다. 가슴이 마구 뛰기 시작했다. 아니, 무슨 오디션도 아니고 이걸로 생사가 결정되는 것도 아닌데 아주 죽을 맛이었다. 일을 하면서도 마음의 한쪽은 소설 수업에 가 있었다. 사흘쯤 지났을까. 작품이 통과되었으니 수강하러 오라는 문자가 왔다. 정말 오디션에서 우승이라도 한 듯 기쁨이 몰아쳤다. 대흥분의 상태로 첫날 수업에 나가 보니 '통과' 절차가 그리 큰 의미는 아니었던 것 같아서 조금 쑥스러웠다. 이 작은 출발에도 얼마나 설렜는지. 첫 수업의 흥분이 아직도 기억난다. 약간은 어색한 분위기 속에서 앞으로의 일정에 대해 들었던 시간. 그 어색함마저 너무나 좋아서 가슴이 두근거렸다.

수업은 재미있었다. 회사일과 병행하느라 몇 번

빠지기도 하고 원고 제출 기한에 늦기도 했지만 아무리 힘들어도 어떻게든 한 자 한 자 써 내려갔다. 물론 잘 되는 날보다 잘 안 되고 망하는 날들이 훨씬 많았다. 밤새 쓴 글을 아침이 되어 다시 볼 때 특히 그랬다. 대체 뭘 쓴 것인가 싶을 만큼 엉망인 글을 손에 말아 쥐고 출근길을 재촉하면서 한없이 절망스러운 기쁨을 느꼈다. 역설적이게도 그랬다. 한없이 괴롭고 고통스러운데도, 비로소 제대로 살고 있다는 생각에 마음속 깊은 곳에서 뜨거운 기쁨이 솟아올랐다. 그렇게 마지막 수업을 앞둔 어느 날 글을 지도해 주시던 선생님이 지나가듯 그런 말씀을 하셨다.

소설 쓰는 삶은 가 볼 만한 가치가 충분한 길입니다.
용기를 내세요.

그날 밤이었을까. 나는 처음으로 용기를 내 보고 싶다는 생각을 했다. 어떻게든 '쓰는 삶' 속으로 한 걸음 전진해 들어가고 싶었다. 곧 서른 한 살이었지만 그런 건 상관없었다. 한번 그렇게 깊숙이 들어온 마음은 쉽사리 사라지지 않았다. 도전해 보지 않고 그 순간을 넘기면 살아가며 내내 후회할 것만 같았다. 여러 날 밤을 뒤척이며 보낸 그해 가을에 나는 한 예술대학의 문예창작과에 홀린 듯 원서를 넣었다. 회사에는 과감히 사표를 제출했다. 그래! 한 치 앞도 모르는 인생에서 늦고 안 늦고를 판단하는 게 어떤 의미가 있을까. 가 보자! 정말로 늦어 버리기 전에.

예술대학 가려고 사표까지 냈는데

★

나는 낮에는 연구원으로 일하고 밤에는 틈틈이 시간을 내어 예술대학 입시를 준비했다. 그동안 수많은 아이들의 입시를 간접 경험했지만 막상 내 일이 되니 생각보다 쉽지 않았다. 인터넷을 뒤져 예술대학 문예창작과의 입시는 어떻게 진행되는지 정보를 모으고 연도별 기출 문제를 찾아 연습하는 사이 전형 일자가 다가왔다.

내가 지원한 학교의 1차 시험은 언어능력평가로 수능과 유사한 형태의 문제를 푸는 것이었다. 한 달 정도 바짝 수능 문제를 풀고 준비했다. 일과 병행하는 것이 고단한 순간도 있었지만 왜 그런지 힘이 솟았다. 돌이켜 보면, 한창 경제 활동을 할 시기에 다시 학생이 된다는 두려움이 컸을 법도 한데 그런 고민도 없이 참 용감했다. 그렇게 1차 시험을 치르고 지방 출장을 다녀오는 버스 안에서 합격 소식을 들었다. ARS 음성 속의 합격 메시지가 얼마나 반갑던지. 고3 때 느꼈던 기쁨보다 곱절은 더 크고 깊은 환희가 있었다. 그러나 행운은 거기까지였다.

2차 글쓰기와 면접시험 끝에 장렬히 떨어졌다. 아니, 광탈했다. 지원부터 최종 불합격 통보까지 꼬박두 달이 걸렸다. 야심차게 회사에 사표까지 내놓고간 길이라 더욱 아쉽고 쓰라렸다. 가장 큰 원인은 2차 평가인 글쓰기에서 제출한 글이 별로였던 탓이겠지만 이에 더해 면접까지도 쫄딱 망했다. 자기소개서 첨삭과 함께 면접 워크숍까지 진행하던 사람으로 참으로 괴롭고 부끄러운 결과였다. '예술대학면접은 확실히 다르더군!'이라고 위안을 해 봐도 소용없다. 못 본 건 못 본 거다. 지원한 또래들보다 족히 예닐곱에서 열 살은 더 많았을 텐데 그만큼의 내

공도, 열정도 못 보여준 것 같아서 오랫동안 마음이
아팠다. 내공이 있는데 못 보여준 게 아니라 아예 없
었을 것이다. 회사를 다니며 사는 데 급급해 글도 책
도 멀리하며 하루하루를 쳐내듯 살던 그 시간들이
날카로운 부메랑이 되어 돌아온 것만 같았다.

사실 면접을 보자마자 불합격을 직감했다. 그것
은 면접관의 마지막 한마디 때문이었다. 왜 그리 긴
장이 되던지. 이런저런 질문들에 신통찮은 답변을
하고 면접장 분위기는 점점 얼어붙었다. 괴로운 마
음을 붙들고 일어서는데 문을 나서기 전, 면접관 중
한 분이 이렇게 말씀하셨다.

그냥 열심히 쓰세요.
문학은 학교가 해 주는 게 아니니까.

틀린 말은 아니었다. 그래도 가고 싶었다. 그냥 한
번 찔러 본 꿈이 아니라, 오래도록 마음에 품고 있었
던 진득한 꿈이었다. 그런데 왜 면접장에서는 말이
되어 안 나왔을까. 내 글에 대한 설명 한마디 못하고,

내가 왜 다시 학교로 오려는지 제대로 전하지도 못한 채 어색하게 웃으며 고개를 끄덕였다. 문을 열고 나오는데 복도가 꽤 추웠다. 조금 더 어렸다면 눈물부터 후두둑 흘렸을 것이다. 속상하고 억울해서, 내 진심이 오해받은 것 같아서 괜히 여기저기 원망의 소리를 던지며 주먹이라도 꽉 쥐었을 것이다. 그런데 막상 면접장을 나와 캠퍼스를 벗어나니 뭔가 해방감이 느껴졌다.

비로소 해방된 느낌.

학교로 다시 돌아가면 정말 잘할 수 있을 것 같다는 일종의 미련이랄까, 강박에서 벗어난 느낌이었다. 그래, 딱 여기까지다. 여기까지가 좋다. 아쉬운 마음이 조금도 없다면 거짓이겠다. 하지만 오랫동안 품고만 있던 꿈을 행동으로 옮겨 본 것에 대한 기쁨이 더 컸다.

드디어 하나의 꿈을 터뜨렸다.

사표까지 내고 도전한 끝에 불합격 통지를 받아 들었지만 제법 괜찮은 겨울이었다. 한 가지 아쉬운 점은 내 뒤통수를 때리던 마지막 말에 아무런 대꾸 조차 못하고 쫓기듯 나온 것이다. 아마 소심해서 끝 까지 못했겠지만, 그날 이후로 나는 가끔 그때가 생 각날 때마다 혼자 투덜댔다.

아니, 문학이 학교가 해 주는 게 아니면 이 대학은 대체 왜 있습니까?

너 같은 사람을 받으려고 세운 건 아니라고 하려 나? 뭐, 그렇다면 어쩔 수 없지. 그건 그렇고 자신 있 게 사표까지 던졌는데 이제 어찌한담. 학교도 떨어 지고 졸지에 직장까지 그만두게 생겼으니 불합격 직후의 나는 당연히 매우 '엉망진창'이었다. 회사에 사표는 제발 없었던 일로 해 달라고 싹싹 비는 메일 을 보낼까. 아니면 그냥 솔직히 말씀드릴까. 아, 제가 잠시 헛바람이 들어서 대학을 다시 가 보겠다고... 아 니지. 헛바람은 아니었으니까. 하, 진짜 어떡하지. 주말 내내 속앓이를 하다가 월요일이 되어 잔뜩 풀이 죽은 채 출근했는데, 점심 무렵 인사팀 팀장님의 호출이 있었다. 정갈한 식사를 앞에 두고 팀장님은 차분하지만 간곡한 어투로 말씀하셨다.

그래도 이제 막 자리잡고 일도 열심히 잘하고 있는데,
한 번만 더 생각해 봐요.

사표 수리 전에 재고할 기회를 주신 것이었다. 솔직히 말하면 그 제안이 눈물 나게 감사해서 팀장님의 손을 부여잡고 '감사합니다'를 미친 듯이 연발할 뻔했다. 그러면 너무 실없는 사람이 될 것 같아서 점잖게 듣고 '하루만 시간을 주시겠습니까?'라고 했지만 그다음 날 바로 달려가 다시 근무하겠다고 한 것은 뻔한 비밀이다.

돌이켜 보면 그때 불합격한 것은 참 다행스러운 일이었다. 글에 아주 큰 재능이 있는 것도 아닌데 경제적 상황까지 나빠졌다면 마음이 힘들어 글마저 포기해 버렸을지도 모르는 일. 아무튼 그날 이후로 나는 계속 일을 했고, 한편으로는 틈틈이 글을 썼으니 면접관의 말이 맞았다. 정말로 문학은 학교가 해 주는 것이 아니었다. 적어도 내게는 말이다.

나는 어쩔 수 없는 모범생답게 뭔가를 배우려면 꼭 학교에 가야만 한다고 은연 중 믿고 있었는지도 모르겠다. 배움은 학교에서만 일어나는 일이 아니라는 것, 마음만 먹으면 언제 어디서나 배울 수 있고 이를 통해 성장할 수 있음을 알면서도 나는 늘 학교부터 찾곤 했다. 왜 그랬을까. 아마도 학교에 가야 가장 안전하다고 생각했던 것 같다. 그렇다. 학교는 세상에 비해 안전하다. 같은 곳을 바라보며 비슷한 꿈을 꾸고 있는 사람들을 만나고, 실력 있는 훌륭한 스승 아래서 체계적으로 배울 수 있다. 누구에게나 꼭 그런 것은 아니지만 확실히 세상 속에서 부딪히며 배우는 것보다 효율적이고 안전하다.

그러나 어느새 삼십 대가 되고 생의 한가운데로 훌쩍 넘어와 버린 나에게 여전히 학교가 유효한 선택지일지는 알 수 없었다. 내 자신조차 이것이 최선인지 긴가민가한 상태로 무작정 학교에 다시 가겠다는 선택을 했을 때, 면접관은 이러한 나를 한눈에 꿰뚫어 보았던 것이다. 그때는 마냥 슬프고 괴로웠지만 그 덕분에 큰 가르침을 받았다.

그것은 바로 인생에서 언제나 안전한 선택만을 할 수는 없다는 것. 그리고 배움이 늘 내가 알아차릴 수 있는 체계적인 형태로 오지만은 않는다는 사실이다. 때로는 폭우나 번개처럼 또 때로는 예기치 못한 정전처럼 배움은 온다. 그렇게 까마득해지고 멍해진 채로 전신을 휘감은 배움의 흔적들을 발견했을 때 문득 깨닫게 된다. 엉망진창이지만 어쨌든 또 하나 무언가를 배운 나를. 그 덕분에 오늘 하루를 조금이라도 더 견디고 살아낸 나를. 아무튼 어제보다는 아주 미약하게라도 나아진 나를.

살아가며 누구나 한 번쯤은 출사표를 던져야 하는 순간을 맞이하게 마련이다. 내게는 면접장을 돌아 나오던 그때가 바로 그런 순간이었던 것 같다. 그때 나는 이런 결심을 했다. 이제 더 이상 학교를 그리워하지 말자고, 그 대신 지금부터는 정말 이 세상 속에 나를 풍덩 빠뜨려 그게 무엇이든 한번 배워 보자고 말이다. 사실 어떻게 보면 나는 학교에 가기로 결심하기 전부터 이미 그렇게 살며 알게 모르게 많은 것들을 배워 오고 있었지만 그 전까지는 명확하게 깨닫지 못했다. 두렵고 막막해도, 그저 세상에 나를 던지고 풍파를 헤치며 살아가는 가운데서 비로소 얻을 수 있는 폭풍 같은 배움을 이제는 더 깊숙이 껴안고 나아가야 할 때임을 말이다.

그때부터 나는 본격적으로 '배우기' 시작했다. 짧게는 하루에서부터 길게는 1년 이상을 얼핏 보면 전혀 쓸모없고 필요도 없어 보이는 일들에 골몰하며 실패를 거듭했다. 저런 걸 왜 하나, 저렇게 해서 대체 뭘 얻나 싶은 엉망진창 공부법을 하나하나 실천해 나가면서 나는 그 어느 때보다 순수한 기쁨을 느꼈다. 그렇게 무엇을 배울지 전혀 알 수 없는 가운데 내 하루와 여러 계절들을 던져 보는 경험에서 나는 더 자주 살아 있음을 느낄 수 있었다. 그리고 내가 앞으로도 계속해서 살아가야만 하는 이유를 조금씩 깨닫기 시작했다. 아니, 이런 거창한 다짐 없이 나는 그저 이 하루를 견디고 살아가기 위해 매일 무수히 작고 소소한 시도들을 했다. 시도하는 목표랄까 이유 자체가 '살아 있기 위해서'였기 때문에 대부분 실패로 끝난 경험들마저 내게는 큰 성공이었다. 내 방식대로 인생을 공부하고 배웠으므로. 그리고 그 하루를 통해 다음 하루를 살아갈 힘을 얻었으므로. 어쨌든 또 하루를 살았고, 나는 여전히 살아 있으므로.

엉망진창 얼렁뚱땅 우당탕탕 늘 준비는 되지 않았고, 하는 과정은 시끄러웠으며 결과는 허무하기가 이를 데 없었지만 나는 이를 통해 가볍게 시작하는 법을 배웠다. 무겁고 버겁게 느껴지던 삶의 무게도 많이 덜 수 있었다. 이제 그 엉망진창이었던 행보를 하나씩 펼쳐 보이려 한다. 사소하고 별것 아닌, 심지어 주로 실패로 끝난 에피소드들을 꺼내 보이는 것은 '시작'을 망설이는 두려움 많은 누군가에게는 아주 작은 힘이라도 되지 않을까 하는 마음에서이다. 좀 쓸모없고 엉망진창이면 또 어떤가. 그런 마음에서.

(3)

엉망진창 공부법

★

아르바이트를 해서 대금을 샀다

★

스무 살이 되고 처음으로 하게 된 아르바이트. 보통 그렇게 돈을 모으면 기념으로 옷을 사거나 여행을 가거나 그러겠지만 나는 뜬금없이 '대금'을 샀다. 대금? 설마 그 대금? 그렇다. 설마 그 대금, 국악기 대금 말이다.

내가 대금이라는 악기에 푹 빠진 것은 열두 살 가을, 추석을 맞아 방문한 할머니 댁에서였다. 우연히 발견한 어느 한국영화 OST 음반에서 대금 연주를 처음 듣고는 말 그대로 첫눈에 반해 버렸다. 하지만 그때는 대금을 어디에 가면 구할 수 있는지, 내가 다

룰 수는 있는 악기인지 전혀 알 수가 없어서 그저 마음에만 담아 두었다. 언젠가는 꼭 대금을 배워야지 하고. 그 대신 학교에서 배우는 단소로 그럭저럭 아쉬움을 달랬다. 나는 마침 단소를 꽤나 잘 불어 이듬해 봄엔가는 음악 실기 시험을 보다가 선생님께 무려 앙코르를 요청받기도 했다. 쑥스러운 마음으로 다시 연주한 단소 소리는 내가 듣기에도 제법 그럴 듯해 잊었던 꿈이 되살아났다. 언젠가는 꼭 대금을 배우리라!

하지만 청소년기를 지나며 입시 뭐다 바쁘게 지내다 보니 어린 날의 다짐은 자연스레 잊고 말았다. 그러다 스무 살이 된 어느 날 운명처럼, TV에서 흘러나온 대금 소리를 듣고 번뜩 생각이 났다. 그래! 대금을 배우기로 했었지! 대숲을 스치는 바람처럼 사람의 마음을 서늘하게 만들었던 바로 그 소리! 대금 연주를 듣고 있노라면 세상의 모든 시름이 사라진 듯 마음이 놓이고 편안해졌다. 나는 한동안 잊고 있었던 대금 연주곡을 열정적으로 찾아 들으며 한편으로는 국악기를 배울 수 있는 곳을 찾기 시작했

다. 며칠을 두고 알아본 끝에 어렵사리 종로 근방에 있는 작은 국악 교습소를 찾아냈다. 자, 그렇다면 이제는 대금이다! 나는 수업을 듣기도 전에 성급하게 대금 먼저 마련할 궁리에 들어갔다. 내 머릿속에는 어서 빨리 대금을 손에 쥐고 멋지게 연주하고 싶다는 생각뿐이었다.

그런데 문제가 있었다. 대부분의 악기가 그렇듯 가격대가 천차만별이라 어느 정도의 돈이 필요할지 가늠하기가 어려웠다. 사실 완전 초보였기 때문에 비교적 저렴한 플라스틱 대금만으로도 충분했지만 대금은 원래 목관 악기가 아닌가! 나는 초심자가 저지르기 쉬운 실수, 즉 좋은 장비를 마련하고 싶다는 욕망에 사로잡혀 일단 학생들을 가르치는 아르바이트부터 시작했다. 한 달 정도 일을 해 30만 원을 벌었고, 이 돈을 몽땅 대금 구입에 투자할 생각이었지만 다행히 곧 마음을 고쳐먹었다. 일단 대금에는 10만 원 정도를 투자하고 나머지는 수강료와 교통비로 썼다. 대금 구매처는 고르고 고른 한 국악기 장인의 온라인 사이트였다. 아주 오랫동안 대금 한 길만을 바라보며 걸어온 분이 운영하던 것으로 기억한다. 여러 종류의 대금 아래에는 그 이름과 특징이 빼곡하게 적혀 있었다. 하지만 왕초보의 눈에는 다 똑같아 보이는 법. 결국 가장 싼 것과 가장 비싼 것을 제외하고 이 정도면 되겠다 싶은 것으로 하나를 골라 주문했다. 가격도 마침 딱 10만 원이었다. 스무 살이 되고 처음으로 지출하는 큰돈이라 마음이 두근거렸다. 대금이 도착하기까지 한 일주일 정도 걸렸을까. 날마다 문 앞을 서성이며 이제나 저제나 대금이 오기만을 기다렸다.

아니, 이게 대체 뭐예요?

드디어 도착한 대금은 얼마나 꼼꼼하게 포장을 했는지 겉으로 봐서는 이게 대체 무엇인지 알 수가 없는 기이한 형태를 띠고 있었다. 경비 아저씨가 무척 궁금해하며 건넸을 때 나는 웃음을 터뜨릴 수밖에 없었다. 얼핏 보면 지팡이나 골프채 같고, 일견 목검 같기도 해서 아무튼 스무 살 여자가 기뻐하며 받아들기에는 좀 그래 보였달까. 이거, 대금이에요. 대금? 네에. 그러거나 말거나 나는 신이 나서 한달음에 집으로 달려 올라갔다. 포장을 뜯고 대금을 손에 쥐었을 때, 정말 너무나 기뻤다. 값비싼 옷이나 가방을 선물 받았다 해도 그 정도로 기쁘진 않았을 것이다. 아주 오래전부터 희망해 왔던 일이 정말로 벌어진 순간의 순수하고 명료한 기쁨이었기 때문이다.

　장인은 대금과 함께 악보책과 악기에 관한 꼼꼼한 설명을 곁들여 보냈다. 한눈에 보아도 대금에 대한 애정이 얼마나 큰지 알 수 있었다. 그렇게 꿈에 그리던 대금을 손에 넣었지만 현실과 이상의 괴리는 언제나 크고 그 사이의 인간은 무기력해지기 마련이다. 단소와는 전혀 다른 대금에 일차적으로는 당황했고, 이차적으로는 분노가 치밀었다. 소리를 내는 것부터가 너무 힘들었고, 운지도 쉽지 않았다. 몇 번인가 삑삑거리다가 바람 빠지는 소리를 내며 좌절한 후 마음을 다잡았다. 그래! 대금 수업이 있지! 나는 내 자신의 얄팍한 끈기를 까맣게 잊은 채 설레며 그날을 기다렸다.

예엣? 플라스틱 대금을 사야 한다구요?

저기, 저는 나무 대금을 벌써 샀는데요...

아, 처음 배우시는 분들은 일단 플라스틱 대금으로

하시는 게 더 좋구요.

이럴 줄 알았다. 성급하게 장비부터 구비하더니만 졸지에 대금만 두 개인 대금 부자가 되게 생겼다. 대금 수업을 들은 기간은 다 합해 두 달쯤 될까. 그 시간 동안 내가 산 나무로 된 대금을 쓸 일은 없었다. 초보들은 나무보다 더 다루기 쉬운 플라스틱 대금을 일괄적으로 구매해 그것으로만 수업을 진행했기 때문이다. 나는 곧바로 나무 대금을 연주해 보고 싶었지만 결국 플라스틱 대금을 추가 구매할 수밖에 없었다. 그리고 또 문제가 있었는데, 플라스틱 대금의 길이가 워낙 길어 운지를 할 때 손가락으로 구멍을 제대로 막을 수가 없다는 것이었다. 일단 모든 구멍을 자유롭게 오가기에는 내 손가락이 턱도 없이 짧은 까닭이겠지만, 아무튼 손이 너무 아파 연주에 도무지 집중할 수 없었다. 나무 대금은 그보다 크기가 작아서 연주하기가 훨씬 편했지만 어쨌든 시작

은 플라스틱 대금으로 해야 한다고 하니 바꿀 생각
은 엄두도 내지 못한 채 어영부영 수업을 따라갔다.

나는 힘들어 죽겠는데 다른 수강생들은 얼마나
연주를 잘하던지. 대체로 나이가 지긋해 보이던 그
분들은 성실하시기까지 했다. 그때 만난 수강생 중
중년 여성 한 분은 내게 이런 말을 남기기도 했다.

저는 대금 배워서 유럽에 갈 거예요.
그래서 꼭 거리에서 연주할 거예요. 우리 악기가
얼마나 아름다운 소리를 내는지 세상에 보여줄 거예요.

꿈꾸듯 반짝이던 그 눈빛을 아직까지도 잊을 수
없다. 목표가 있으면 아무리 힘들어도 어쨌든 앞으
로 나아갈 수 있다. 가끔 그녀가 자신의 꿈대로 정말
대금을 들고 세상 속으로 나아갔는지 궁금할 때가
있다. 왠지 그녀는 꿈을 이루었을 것 같다. 그러나 당
시 내게는 그런 게 없었다. 그냥 말 그대로 대금 소리
가 좋아서 한번 연주해 보고 싶다는 마음에 막연하
게 다니기 시작했으니. 뭔가 생각대로, 생각만큼 잘

안 되니까 쉽게 추진력을 잃어버렸다. 그렇게 점점 뒤처지다가 결국 열등생으로 추락. 열등생이 되니 금세 재미가 없어져 수업에도 드문드문 나가기 시작했다. 그 후 집에서 괜히 나무 대금을 불어 보며 홀로 독학도 그 무엇도 아닌 시간을 보내다가 그렇게 흐지부지 끝나고 말았다. 나름 큰마음 먹고 아르바이트까지 해서 대금을 사고 수업까지 등록한 것 치고는 정말 싱거운 결말이었다.

그때부터 우리 집에서는 얼마 동안 '대금'이 금기어가 되어 버렸다. 어쩌다가 대금 이야기가 나오면 아빠께서 '아니, 쟤는! 제대로 하지도 못할 걸 괜히 돈만 날리고 어엉?' 하셨고, 오빠는 어쩌다 대금이 눈에 띄면 '그래서 이건 언제 부시겠다구요?' 하며 놀렸다. 엄마는 '아니, 먼저 거길 가서 듣고 사던가 해야지 너는 하여튼' 하시면서 혀를 차셨다. 나는 괜히 심통이 나서 그때마다 아주 호언장담을 하며 큰소리를 뻥뻥 쳤다. '아니, 제가 언제 안 한다고 했습니까? 언젠가는 한다니까요? 제 대금 사랑의 역사가 얼만데 이렇게 식겠습니까? 예? 안 그래요? 예에?'

하지만 사랑은 드라이아이스가 증발하듯 급속도로 식었다. 대금은 내 방 귀퉁이에서 내내 잠을 자다가 가끔 생각이 나면 몇 번 삑삑 불어 보고 다시 넣어 두는 정도의 소임만 할 뿐이었다. 그리고 시간이 지나면서 더 구석으로 구석으로 들어가다가 결국 부모님이 귀농하실 때 모두 들고 가셨다. 내가 끝까지 가지고 있겠다는 걸 엄마가 보나 마나 거들떠도 안 볼 게 뻔하다며 아빠 심심하실 때 부시라고 들고 가셨다. 그런데 보아하니 아빠도 영 흥미가 없으신지 그냥 어디 구석에 박혀 있는 듯했다. 그러다 어느 날엔가 엄마를 통해 전해 들은 후문.

얘, 너 그 대금 있지. 오늘 아빠가 아주 요긴하게 쓰셨다.
요긴? 대금을요? 어디에요? 어떻게요?
아니, 글쎄 그게 아주 단단하고 길고 튼튼해서 카펫
먼지 털 때 팡팡 두드리니 아주 훌륭하게 먼지가
다 날아가지 뭐니.

이걸 웃어야 하나 울어야 하나. 나는 대금이 어느 쪽에라도 일단 소용에 닿는다는 것이 다행스러웠지만 한편으로는 악기를 그렇게 써도 되는 걸까 죄책감이 일었다. 그러고 보니 이미 어린 날에 리코더를 휘두르며 칼싸움을 했던 기억이 나는 것도 같지만.

가치를 제대로 활용할 줄 모르는 자의 손에 닿은 훌륭한 물건의 말로란 이 얼마나 황당하고 슬픈가. 다 내가 자초한 일이다. 그러나 인간의 삶은 계속되고 비슷한 실수를 반복한다고 했던가. 그 후로도 나는 수영을 배울 때 잠깐 쓰고 던져둔 '오리발', 드럼 배울 때 잠깐 쓰고 박아 둔 '드럼 스틱'을 통해 여전히 깨닫지 못한 자로 살고 있음을 우리 가족 한정으로 마구 드러내 보였다. 그리고 또 하나. 언젠가 친구들끼리 '배우다 만 것 자랑하기 대회'를 즉석에서 연적이 있다. 채팅 메시지로 수많은 '배우다 만 흔적'들이 공유되었다. 우쿨렐레, 바이올린, 플루트, 기타... 아니 왜 전부 악기인 거야! 나는 비명처럼 일갈하고는 '대금' 에피소드를 꺼냈다. 모두 배꼽을 잡았다. 대금이라니! 그 대금은 지금 어디에 있느냐며 사진을 요구하는 친구들에게 나는 조용히 시골에서 아빠의 먼지떨이로 쓰이는 것 같다며 후기를 전했다.

그렇게 나는 그날 최고의 '배우다 만 자'로 선정되었고, 그 순간 다짐했다. '시골에 가면 꼭 대금을 구출해 와야지. 그리고 다시 시작해야지. 이번에는 기필코 멈추지 말아야지.'라고.

성우 수업을 받아 보았다

★

살면서 다양한 것들을 배워 보았지만 그중에서도 기억에 남는 하나가 바로 '성우 수업'이다. 성우? 성우라면 '목소리 연기자'인데 갑자기 웬 성우람? 언뜻 전혀 관련이 없어 보이는 분야이지만 사실 생각해 보면 꽤 친숙한 직업군이다. 자라며 누구나 한 번씩은 꼭 접하게 되니까. 어린이를 꿈과 모험, 환상의 나라로 인도하여 쑥 자라게 하는 많은 것들 중 애니메이션을 빼놓을 수 없다. 그 아름답고 근사한 목소리들에 빠져 본 경험이 있는 사람이라면 으레 한 번쯤은 성우를 꿈꾸어 보지 않았을까? 왠지 재미있는 애니메이션과 영화를 잔뜩 볼 수 있을 것 같고, 영상

속 주인공이 되는 신기한 경험도 하고. 나도 그랬다.
살다 보면 어느 순간 그런 때가 찾아온다. 나와는 영
거리도 멀어 보이고 전혀 다른 세계라 흠모만 하다
가 문득 아주 옅은 꿈이라도 잠시 꾸어 보는 때가.

　보통은 그런 생각을 해도 잠시일 뿐 곧 그만두고
현실에 집중하기 마련이다. 하지만 나는 지극한 경
험주의자인데다가 무식한 행동파라 그냥 한번 해
보면 어떨까 하는 생각 끝에 실제로 성우 준비를 할
수 있는 스피치 학원을 찾아냈다. 그게 바로 2015년
여름, 어느덧 서른이 넘은 나이였다. 당시 잘 다니던
회사를 그만두고 정말로 내가 하고 싶은 일을 찾아
보겠다며 잠시 쉬고 있을 때였다. 그 막간을 이용해
미루어 두었던 운전을 배우고 성우 수업을 신청했
다. 실제 성우 출신 원장님이 운영하는 스피치 학원
이었는데, 2000년대 들어 화법이나 말하기 능력의
중요성이 커지면서 꽤 많은 사람들이 등록해 다니
고 있었다. 기초반과 실력반, 심화반, 실전반 이런 식
으로 세분화되어 있었는데 나는 당연히 성우 기초
반에 등록했다.

아무것도 모르고 들어갔지만 예상 외로 참 재미있게 다녔다. 당시 수강생 중 나이는 내가 가장 많았고, 그다음으로 이십 대 후반 친구들과 어리게는 이제 막 스무 살이 된 친구도 있었다. 저마다 진지하게 성우가 되고 싶다는 마음을 가지고 온 터라 수업도 열정적으로 진행되었다. 첫날 어색한 가운데 자기소개를 한 뒤 앞으로 무엇을 하고 싶은지 돌아가며 말하는데, 나는 어쩐지 좀 버벅거리며 두루뭉술하게 답할 수밖에 없었다. '성우'라는 직업에 관심을 가지고 오기는 했지만 진심으로 성우가 되고 싶은 건지, 무엇보다 자질이나 능력이 있는지, 그것이 부족하다면 노력할 마음은 있는지 나 자신도 긴가민가한 상태였기 때문이다. 해 왔던 일이 주로 교육과 강의 쪽이라 일의 특성상 사람들 앞에 서서 말할 기회가 많기는 했다. 그 덕분인지 톤이나 발음이 제법 분명하고 목소리도 좋은 편이라는 평도 들었지만 그것과 실제 목소리 연기자가 되는 일은 전혀 다른 이야기였다.

실제로 성우 수업을 받아 보니 나는 연기도 연기지만 우선 연기자가 될 자질이 이만저만 부족한 게

아니었다. 글쎄, 연기를 해야 하는데 그만 너무나... 너무나 수줍고 부끄러운 것이다. 첫날 바로 드라마의 한 장면을 대본으로 받아 오늘 처음 만난 옆자리 남자와 즉석 연기를 하게 되었는데, 농담이 아니라 그 즉시 지구의 내핵을 뚫고 사라져 버리고 싶었다. 대본 내용이 정확히는 기억이 안 나지만, 이별에 가까워진 남녀가 티격태격하며 다투는 장면이었다. 친해지려면 적어도 다섯 번은 봐야 하는데 만난 지 하루 만에 주거니 받거니 대사를 하려니 감정도 안 잡히고 아주 고역이었다. 하지만 어떡하나. 바로 이 것을 하려고 온 것을. 어떻게든 해 보려고 일단 차분히 대사를 읽었다.

어. 떻. 게. 그럴. 수가. 있어.

이건 전혀 다투는 게 아니다. 마치 자식을 혼내고 싶지만 일단 참고 타이르는 교양 있는 학부모 같구나. 그럼 감정을 좀 실어 볼까? 근데 감정은 어떻게 싣는 거지?! 지금까지 감정이 자연스럽게 목소리에 실렸지 일부러 감정을 실어 본 적은 없었다.

어떠케 그럴 쑤가 이쎠억!!!!

와, 정말 어떻게 그럴 수가 있지? 그만 오버를 해서 염소 소리를 내며 격노하는 여자가 되어 버렸다. 다시 생각해도 영혼이 소멸하는 느낌이다. 방금 TV 100 대는 꺼졌겠군. 채널 돌아가는 소리가 들린다. 하하하하! 나는 역시 중간이 없구나. 그렇게 더듬거리며 한 턴이 종료되었을 때 등에 식은땀이 흘렀다. 와, 이건 발연기도 아니다. 뭐라고 해야 하지. 하는 사람도, 보는 사람도 아주 곤욕을 치르는 신종 테러다. 끝날 시간 아직 멀었나? 문이 어디지? 쉬는 시간에 화장실 가는 척하고 도망갈까? 아니 그런데 다들 어쩜 그리 잘하는지. 다른 사람들의 목소리 연기를 들으며 그저 입을 떡 벌릴 수밖에 없었다.

그렇게 대단히 망한, '대망'의 첫 수업이 끝나고 그다음 수업에는 다큐멘터리 내레이션을 해 보았다. 이건 좀 잘할 수 있지 않을까? 원래도 애니메이션이나 외화보다는 교양 프로그램에 관심이 많았으니까. 그중에서도 특히 다큐멘터리 내레이션은 왠지 목소리 톤도 나와 맞는 것 같고 잘할 수 있을 것만 같아 괜한 자신감이 솟았다. 드디어 대본이 주어졌다. 휴먼 다큐멘터리의 한 장면이었다. 각종 다큐멘터리 애청자였던 만큼 방송을 본 기억을 더듬어 열심히 비슷하게 따라 읽었다. 그런데 이게 웬 걸! 발성과 호흡부터 중간중간 적절하게 쉼을 주는 것까지 보통 힘든 일이 아니었다. 제대로 끊어 읽는 것도 어려웠지만 문장이 끝날 때마다 그 장면의 분위기에 맞게 어떻게 끝맺음을 해야 하는지 어조와 성량, 발음이 각기 다 달랐다. 그러니까, 대본의 글을 '완벽히 읽는 것'만으로는 절대 완벽할 수가 없었다.

마지막 기대가 스르륵 무너질 무렵 최후의 보루가 떠올랐다. 그렇다면! 영상을 보면서 더빙을 하면 좀 나아질까? 마침 수업 후반부에 영상을 보며 더빙해 볼 기회가 있었는데 더 큰 난관에 부딪혔다. 생각해 보면 당연한 일이었다. 멈추어 있는 글을 보고 읽는 것도 어려운데 하물며 영상은 잠시만 머뭇거려도 금세 슝 지나가 버리지 않는가. 아니나 다를까. 대본 숙지가 충분히 되었다고 생각하고 신나게 시작했지만 막상 화면이 슝슝 지나가니 눈이 핑글핑글 돌고 환장할 지경이었다. 대사가 조금만 빠르거나 느려도 인물과 싱크가 맞지 않았고, 어쩌다 속도가 맞으면 발음이 틀리거나 발화 자체가 어색했다.

와! 이건 뭐 내 쪽에서 돈을 주고 더빙해도 절대 못할 실력이로구나! 영 틀렸다!! 완전 글러먹었다!!!

그날 집으로 돌아오며 그동안 내가 알고 있던 나의 허상 그러니까, '말을 제법 잘하고 발음도 분명하고 목소리도 좋은 나'에 대한 환상이 와장창 깨지는 소리를 들었다. 할 수 있을 것 같다고 여기고 함부로 덤볐던 내가 하도 어이없어서 실없이 허허 웃으며 터덜터덜 돌아왔던 그날 밤. 환상 속에 존재하던 내 여러 모습들 중 하나를 여지없이 부수고 난 후의 공허와 허탈감에 괜히 뒤척이며 잠들지 못했다. 그런데 참 사람이 미련하기도 하지. 그래도 한 번 더 해보면 조금이라도 달라지지 않을까? 뭔가 발전이 있지 않을까? 노력하면, 어느 정도까지는 가능하지 않을까? 허탈해하면서도 마음 한구석 어딘가에는 아직 이런 미련이 남아 있었나 보다. 나는 뭔가 좀 아쉬운 마음에 결국 기초반을 수료하고 그다음 반까지 등록했다. 무엇보다 함께 수업을 들었던 친구들이 좋았고, 지금까지 한 일과 전혀 다른 새로운 경험을 한다는 것 자체가 재미있고 즐거웠기 때문이다. 그러던 중 어느새 가을이 되어 슬슬 성우 공채 시즌이 다가왔다. 같은 반 친구들은 여러 방송사들을 알아보고 시험 과정을 체크하며 분주하게 움직이는데 나는 그때까지도 지지부진한 실력과 준비로 머뭇거리며 그저 수업만 듣고 있었다.

누나는 접수 안 해요?

서글서글한 인상으로 분위기 메이커 역할을 하던 K가 어느 날 물었다. 어? 아... 순간 조금 당황했지만 이내 또렷하게 답할 수 있었다. 음, 나는... 안 할 거야. 응, 안 해. 그러자 K가 의외라는 듯 눈을 동그랗게 떴다. 어, 그래요? 왜요? 내 답은 분명하고 단호했다.

물론, 나도 호기심에 단계별 시험과 예시 대본을 살펴보기는 했었다. 다들 어디에 넣을까. 어떻게 준비해야 하나. 스터디도 꾸리고 열정적으로 연습을 하는 분위기에 휩쓸려 어느 날 밤에는 원서를 조금 써 보기도 했다. 하지만 나는 알고 있었다. 재능도 없고 무엇보다 그 길을 위해 노력할 생각이 사실은 없다는 것을. 내 길이 아니다. 그 길에 진심인 사람들 사이에 있으면 대번에 들통이 난다. 그 열기와 아우성 속에 풍덩 뛰어들지 못하고 그저 곁에 머물고만 있는 것이다. 나는 그 길 위에서 어쩐지 겉돌았고 왠지 미지근했고 꽤나 담담했다.

나는 성우라는 길의 극 초입에서 '진짜'인 사람들을 만나 잠시나마 함께 머물며 그 뜨거운 열기를 맛볼 수 있었던 것에 감사한다. 비록 나는 '가짜'였지만 그래서 진짜와 가짜가 가려지는 순간, 일찌감치 떨어져 나왔지만 내가 가짜였음을 깨달아 다행이었다. 그렇게 떨어져 나오면서도 크게 아프지 않았던 것은 내가 가짜였기 때문일 것이다. 진짜 사이에 있는 가짜는 처음에는 별로 티가 안 난다. 스스로도 모를 만큼 진짜와 잘 섞여 지낸다. 그러나 어느 순간, 결정적인 때가 오면 반드시 탄로가 나게 되어 있다. 마음가짐이나 태도, 실력과 같은 가시적인 결과 때문일 수도 있고, 그렇지 않더라도 자신만이 느낄 수 있는 공허와 괴로움, 허탈감 때문에라도 반드시 떨어져 나오게 된다. 그 떨어져 나올 때의 아픔이 두려워서, 탄로 나는 것이 부끄럽고 창피해서 진짜인 척하고 살다 보면 정말 큰 위기와 만날 수 있다. 문득 절벽에 선 듯 막막한 마음으로 휘몰아치는 공허와 마주할 수도 있겠다. 그렇게라도 위태로움과 마주해 고통을 느끼게 된다면 차라리 다행이다. 문제는 자신이 아픈지, 고통스러운지, 위태로운지조차 모른 채 그저 바쁘게 '살아가고만 있는 상태'일 것이다. 그래서 아주 잠시라도 발걸음을 멈추고 주변을 둘러보는 시간이 꼭 필요한 것이겠지. 내게는 성우 수업이 그런 '잠시 멈춤'의 시간이 되어 주었다.

학원은 집에서 정반대인 서쪽에 있었다. 나는 여

름부터 겨울까지 반년 동안 정반대의 길로 나서며 그러니까, 성우 수업을 들으며 바로 이것을 배웠다. 내 안의 허상이 나를 얼마나 큰 착각 속으로 빠뜨리고 있는지 그리고 내가 가짜로 살 때 어떤 마음이 드는지를 배웠다. 그럼에도 나는 그 순간만큼은 즐겁고 행복했다. 오답이라고 다 슬프고 괴로운 경험만 있지는 않다. 오답이었지만, 어쨌든 큰 기쁨과 행복을 느꼈으니 이로 충분하다. 게다가 어정쩡하게 서 있던 나를 살뜰히 보살피며 그럼에도 함께 가 보자고 손잡아 주던 친구들을 만난 것도 큰 행운이었다. 오랜 시간이 흘러 지금은 멀어진 인연이 되었지만- 가끔 그해 여름을 떠올릴 때마다 아련하게 생각나는 얼굴들이 있다. 나는 초입에서 돌아섰지만 그 길을 끝까지 걸어간 '진짜'들이 이제는 여러 사람을 웃고 울게 하는 멋진 성우가 되어 있으리라 믿는다. 그렇게 각자의 길 위에서 순간순간 행복을 느끼며 건강하기를. 언제나처럼 진짜로 살고 있기를.

그리하여 어떤 한 시절을 통과하고 있는 많은 삶들에 다음 날을 살아갈 용기와 희망을 전해 주기를.

'용기와 희망'은 낡고 낡아도 결코 버릴 수 없는 '진짜'인 말들이니까.

불어는 불가능해서 불어일까

★

나는 여행을 떠나기 전에는 늘 그 나라의 언어부터 찾아 배운다. 여행까지 남은 시간이 얼마가 되었든 일단 단어 몇 개, 몇 마디 말이라도 찾아서 익히고 떠나는 것이다. 그렇게 짧은 시간이나마 어설프게 배운 외국어의 효과는? 당연히 미미하다. 그럼에도 나는 새로운 나라로 떠나기 전에는 꼭 뭔가를 배워 끼적이지 않고는 못 배긴다. 게다가 여행지에 가서 제일 많은 시간을 보내는 장소는 서점이다. 언어를 조금이라도 아는 지역이든 전혀 모르는 곳이든 일단 서점을 찾아 몇 번이고 방문한다. 더듬더듬 책 제목을 읽어 보고 번역기도 돌리고 해서 마음에 드는 책을 발견하면 구입도 한다. 읽지도 못하는데? 그렇다. 읽지 못해도 그냥 산다. 이렇게 아주 짧게라도 시간을 들여 새로운 언어를 배우고, 쇼핑가 대신 서점을 찾아 헤매다가 읽지도 못할 책을 사서 돌아오는 일. 그것이 내가 가장 큰 기쁨을 느끼는 여행의 방식이다. 대체 왜 이런 일을 반복하는 걸까? 그 시간에 남들처럼 새로운 여행 용품을 사고 관광 명소를 공부하고 맛집을 검색해 놓는 게 더 좋을 텐데 말이다.

한때는 나도 그런 고민을 했다. 시간만 낭비하나? 읽지도 못하는 무거운 책들을 쌓아 놓고 대체 뭘 하겠다는 거야. 특히 SNS에 하나 가득 올라오는 멋진 인증샷들을 볼 때, 반짝이는 쇼핑 물품들을 볼 때 아, 모처럼 떠난 여행이었는데 나도 그랬어야 할까 잠시 후회하는 마음이 들기도 했다. 그러나 그런 감정은 찰나였다. 다양한 나라에서 이고 지고 온 책들을 펼쳐 놓으면, 부러웠던 마음은 싹 사라지고 새 언어를 배워 보겠다며 뛰어다니던 시간들이 떠올랐다. 책 냄새를 맡고 종이 질감을 느끼고 책 속지에 직접 새겨 넣은 날짜와 시간, 한 줄의 글을 읽으면 마치 어제인 듯 생생하면서도 애틋한 기억들이 떠올랐다. 잘못 들어간 골목길에서 만난 고서점, 추위를 피해 도망치듯 들어간 동네 서점, 시내 중심가에 으리으리하게 서 있던 멀티플렉스 서점까지 다양한 서점들을 누비며 홀로 이방인인 듯 아닌 듯 서성이면 그 시간만큼은 흐르지 않고 쌓여 오롯이 내 것이 되는 느낌이었다. 그렇게 쌓인 시간을, 우연히 발견한 마음에 드는 책 속에 겹겹이 넣어 들고서 한국으로 다시 돌아오곤 했다.

몇 년 전, 프랑스에 갈 기회가 생겼을 때에도 그랬다. 사실 프랑스어는 그동안 큰 관심이 없었을 뿐더러 배울 기회마저 없어 능력치가 말 그대로 '0'이었다. 하지만 현지에서 몇 마디라도 알아듣고 싶은 충동을 버리지 못하고, 프랑스어 수업을 찾아 덜컥 신청해 버렸다. 그런데 문제는 특대왕 기초반을 들어도 모자랄 판에 무려 <프랑스 영화로 알아보는 프랑스어와 문화 수업>을 신청해 버린 것이다. 일단 기초반은 이미 마감되어 다른 선택지가 없었다. 뭐라도 듣는 게 안 듣는 것보다 낫겠지! 그런데 자세히 살펴보니 프랑스인 선생님이 영화를 매개로 언어와 문화를 소개하는 수업이다. 오, 뭔가 현지인을 만날 수 있다는 큰 장점이 있군! 가장 큰 특징은... 프랑스어로 진행된다는 것.

음? 프랑스어로 진행된다고?

원어로 진행된다니 갑자기 걱정이 되었다. 하나도 못 알아듣고 그나마 조금 생겼던 관심을 마이너스로 만든 채 오지는 않을까 하는 걱정과 함께 소심함도 불쑥 고개를 들었다. 그렇게 어쩌다 보니 수업 당일이 되어 버렸다. 저녁 7시 반 시작이라 미리 근처에 도착해 시간을 그으며 기다리는데 날이 어두워지자 배도 고프고 이래저래 마음이 뒤숭숭해 그냥 집으로 돌아가고 싶어졌다. 하지만 이왕 여기까지 왔는데 그냥 돌아갈 순 없지. 가 보면 또 재미있는 일들이 벌어질 거야! 실 부 플레, 메르시 보꾸, 빠르동. 어디선가 주워들은 마법의 세 단어가 날 도와주겠지! 이런 말도 안 되는 생각으로 애써 마음을 다잡고 수업에 들어갔다. 그리고 결론부터 말하자면-

마법의 세 단어는 나를 구하지 못했다.

수업명은 어마어마하지만 나 같은 문외한이 들어도 괜찮다는 말을 듣고 용기 내 갔는데 웬걸! 가자마자 지난 시간 복습을 하고, 지난번에 보던 영화를 마저 보는 게 아닌가. 수업의 모토가 '영화를 통한 언어와 문화 배우기'라서 그런가. 역시나 강의 내용의 0.0002 퍼센트 정도만 이해할 수 있었다. 너무 열심히 알파벳을 따라 그린 나머지 '프랑스어 드로잉 강좌'가 있다면 이럴 것이라는 생각도 잠깐 했다. 그래도 재미는 있었다. 앙샹떼, 티미드, 무슈, 쥬뗌므, 각종 르, 드, 드아... 귀를 무수히 스쳐 지나가던 봄바람 같은 억양 속에서 간신히 건져 올린 몇 단어들은 이 정도였다. 며칠이 지나니 그마저도 흔적만 남았지만 즐거운 경험이었다. 열정적으로 가르쳐 주신 앙리 선생님, 고맙습니다. 메르시 보꾸...

언어는 혀 혹은 손의 춤사위 같은 것일 테다. 한국어가 부지런히 입천장을 때리고 허공을 찌르며 때로는 절도 있게, 때로는 유순하게 흘러가는 춤이라면 프랑스어는... 그러니까 불어는... 불어는 모르겠다. 몰라서 표현을 못하겠다. 일단 춤을 잘 모르고, 불어는 더 모르기 때문이다. 몰라서 불가능하게 느껴지는 것일까. '불어란 불가능해서 불어일지도 모른다'라는 생각을 하며 무척 울적하고 무거운 발걸음으로 집으로 돌아온 그런 밤이 있었다.

나는 그럼에도 불구하고 며칠 후 용감하게 프랑스로 떠났다. 프랑스에 머무는 동안 떠듬떠듬 낯선 간판들을 읽어 보았고, 길 위에서 우연히 받은 도움들에 수줍게나마 '메르시 보꾸'라는 말을 건넸다. 카페에서는 '커피'를 어떻게 발음하는지 유심히 듣고 몰래 따라해 보았다. 서점에 들러 수많은 책들을 눈여겨보며 혹시 내가 아는 단어가 나오나 두근대기도 했다. 이 모든 장면들은 쓸데없이 날린 시간처럼 보이던 '프랑스어 수업' 덕분에 탄생할 수 있었다. 나는 앙리 선생님의 열정적이었던 눈빛을 여전히 기억하고 있다. 괴로워하면서도 열심히 알파벳을 따라 그리고, 옆 사람의 멋들어진 프랑스어 발음에 감탄하던 그 시간을 잊지 못한다.

여전히 내게는 언어를 배우는 시간이 최고의 여
행 준비물인 셈이다.

파리 향수 클래스에서 만든
내 향수의 이름은?

★

나는 모든 액세서리나 옷, 가방 등 패션에 큰 관심이 없지만 유독 향수는 좋아한다. 향'수'보다는 '향'수. 즉 향기에 관심이 많아 로션, 바디 워시, 샴푸 등을 구매할 때도 꼼꼼하게 살펴보는 편이다. 다만, 성분보다는 향기 위주라는 게 좀 그렇달까. 특히 무겁고 깊은 향을 좋아한다.

향에 대한 관심을 키우다 못해 무려 프랑스 파리에서 '향수 만들기 워크숍'에 참석한 적이 있다. 일 때문에 잠시 들른 파리에서 뭔가 재미있는 추억을 남기고 싶었기 때문이다. 인터넷을 뒤져 약 2시간

동안 전문 조향사의 지도 아래 향에 대해 배우고 직접 좋아하는 향수를 만들어 볼 수 있는 체험 프로그램을 찾았다.

파리에 도착해 며칠이 지나고 드디어 향수 워크숍이 열리는 날이 되었다. 파리의 골목을 돌고 돌아 워크숍이 열리는 작은 가게를 찾아냈을 때의 기쁨과 설렘이란! 잔느 선생님은 이 분야 전문가로 직접 향 관련 숍을 운영하면서 평일 오전 시간을 활용해 향수 만들기 워크숍을 진행 중이었다. 그녀는 매우 프로페셔널한 모습으로 향수의 역사와 제조 방법, 시향법 등을 상세히 설명했다. 참가자는 나를 포함해 총 9명. 영국, 미국, 멕시코, 이집트 그리고 한국. 다양한 국가들에서 모인 이방인 아홉은 선생님의 말씀을 놓칠세라 쫑긋 귀를 세우고 열심히 필기하며 들었다.

재미있었던 것은 역시 시향.

가장 먼저 스며드는 향인 톱 노트(Top note)부터 중간인 미들 노트(Middle note) 그리고 잔향으로 깊이 남는 베이스 노트(Base note)까지 각각에 속하는 향 열 가지씩, 총 서른 가지 향을 맡았다. 그리고 선호하는 순서대로 각각의 향에 점수를 부여해 순위를 매겼다. 어떤 향들인지 잊지 않도록 점수 옆에 깨알 같이 코멘트도 적었다. 처음에는 신이 나서 썼는데, 비슷한 향을 계속 맡으니 내 코멘트 란에는 점점 신세 한탄이 들어가기 시작했다.

- 애기들 코감기 시럽 향.
- 솔향기 음료수 향이다!
- 수박 껍질 향...? 향이 잘 안 난다.
  코가 고장 났나 봄.
- 코가 마비된 것 같다. 이게 무슨 향이지?
- 비염 주제에 무슨 향수를 만들겠다고!
- 에잇! 이제 뭐가 뭔지 하나도 모르겠다.

나중에는 코멘트 쓰는 일을 포기하고 그냥 점수만 매겼다. 슬쩍 옆을 보니까 10점 만점에 2, 3, 5, 7 이런 식으로 간격을 넓게 주던데 나는 대뜸 7점부터

쥐 버려서 나중에는 9.2, 9.4, 9.7 이렇게 아주 쪼잔하게 순위를 매겼다. 그렇지만 다 좋은 걸 어떡한담. 톡 쏘는 아주 특이한 향 빼고는 불호가 거의 없었다.

대망의 조향 시간.

총 50g의 향수를 만드는데, 그중 알코올이 45.5g 이고 나머지 4.5g만이 실제 향 추출액이었다. 수강생들은 바로 이 4.5g을 자신이 원하는 향 추출액으로 채워 나만의 향수를 만들었다. 선호하는 향을 '톱-미들-베이스(Top-Middle-Base)' 순으로 각 4개씩 총 12개 넣게 된다. 4.5g은 생각보다 아주 적은 양이었기 때문에 미세한 양을 스포이트로 똑똑 정확하게 떨어뜨릴 수 있도록 신경 써야 했다. 수강생이 먼저 베르가못 0.1g, 아이리스 0.2g 하는 식으로 원하는 향과 그 양을 정해 놓으면 선생님이 좋아하는 향수 스타일에 대해 묻고 이를 보완해 주는 방식이었다. 그런데! 조향할 수 있는 공간이 협소해 한 번에 4명씩만 들어갈 수 있었다. 덕분에 혼자 온 나는 앞의 8명이 진행할 동안 - 그들은 모두 커플이었고, 나는 전혀 하나도 슬프지 않았다... - 마냥 기다려야 했다. 그들이 모두 나왔을 때에야 홀로 들어가 향수병으로 쓸 공병에 향 추출액을 넣기 시작했다.

침착해야지 하면서도 다른 사람들이 모두 나를 기다리고 있다고 생각하니 마음이 점점 조급해졌

다. 그래서 정량을 또옥 똑 조심스럽게 잘 넣다가 후반부에는 급한 마음에 푸슝- 푸슝- 몇 번이나 병 속으로 추출액을 쏟듯이 넣어 버렸다. 몰라. 어떻게든 되겠지. 향수에 스티커를 붙여 직접 이름까지 지을 수 있었는데, 향수 이름을 'Too Much'라고 해야 하나 잠시 고민하며 망연자실했다. 잘 나가다가 한순간에 마음의 평정을 잃는 바람에... 크흡. 나는 이 경험 덕분에 단번에 향수 이름을 정할 수 있었다.

'Peaceful Mind'

향수에서는 이름처럼 진하고 깊은 절 향기가 났다.

그래, 말 그대로 향을 사를 때 나는 절 향. 집에 돌아가면 자기 전에 한 번씩 촥- 뿌리고 가부좌를 틀고 앉아 명상한 후에 자야겠다. 그러면 '피스풀한 마인드'로 꿀잠 잘 수 있겠어용. 불면증도 해결하고 마음의 평정도 얻고 정말이지 대성공이야! 그런데 옆에 있던 이집트 커플이 내 향수 향을 맡고는 뭔가 미묘

한 표정을 지었는데, 기분 탓이겠지? 그런가 하면, 영국에서 온 남자가, 자기도 망했다며 민트를 고작 한 방울 떨어뜨렸을 뿐인데 치약 향수를 만들었다고 푸념한 기억도 난다. 너도 한번 맡아 보라고 해서 맡았는데, 웬걸? 나는 좋았다. 와우! 향 좋네! 했더니 그가 진심이냐며 웃었다. 아무튼 그대도 나처럼 향수를 유용하게 잘 쓸 수 있겠어요. 양치를 안 한 날에도 왠지 양치한 듯 상쾌한 기분을 느낄 수 있다니 일석이조입니다. 우리 좋은 쪽으로 생각하기로 해요.

어쨌든 내 손으로 향수를 만든 게 마냥 신나고 좋아서 마구 뿌리고 길을 나섰는데 그 덕분일까? 점심으로 반미 샌드위치를 먹으러 베트남 음식점에 들어갔는데 가게 사장님이 무려 생수 한 병을 주시며 '프레젠트'라고 하셨다. 어머! 감사해용! 설마 불교 신자이신가. 내게 동질감을 느끼신 걸까. 사실 이거 제가 만든 향수랍니다. 이름은 'Peaceful Mind'예요. 원하시면 뿌려드릴 수도 있는데 그건 오버겠지요? 아무튼 생수 감사합니다.

덕분에 물 잘 마시고 반미 샌드위치도 맛있게 먹었다. 이것 봐. 벌써 좋은 일이 벌어지고 있지. 고로 이 향수는 행운의 향수다. 비록 무엇이 얼마나 들어갔는지 알 수 없게 되었지만, 그만큼 알 수 없게 새롭고 기발한 향이 탄생했다. 좋다 좋아.

나는 향수 'Peaceful Mind'를 지금도 여전히 간직하고 있다. 고단한 하루를 보낸 밤에, 마음이 산란하여 잠이 오지 않는 새벽에 나를 둘러싼 공기 중에 살짝 뿌린다. 잔잔하게 내려앉는 고요한 향이 있다. 그러면 마치 따스하고 평화로운 이불을 덮은 것처럼 그제야 편안한 마음으로 잠을 청하는 것이다. 그때의 그 시간들은 여전히 나를 위로하고 웃게 만드는 묘약이다. 나는 파리의 향수 워크숍에서 향수가 아닌 묘약을 만들어 왔나 보다.

근력 0의 우당탕탕 클라이밍
도전기

★

클라이밍에 관심을 가지게 된 건 언젠가 친구가 내게 지나가듯 던진 말 한마디 때문이었다. 그때나 지금이나 나는 '운동'을 이번 생의 미해결 과제 중 하나로 여기며 딱히 하지도 않으면서 부담스러워만 하고 있었다.

왜 그런 것 있잖은가. 하기는 해야 하는데 하자니 하기 싫고, 하기는 싫으나 하지 않으면 안 될 것 같아서 하게 되지만 역시나 하기 싫어서 하지 않게 되는 뭐 그런 한마디로 뫼비우스의 띠 상태 같은 것.

헬스, 수영, 요가, 등산, 배드민턴, 자전거, 달리

기… 관심 분야가 얕고 넓은 인간답게 그래도 좋다는 운동은 한 번씩 다 해 보았다. 내가 비록 지금은 이렇게 운동을 부담스러워하고! 잘 못하고! 하기 싫어 하지만! 뭔가 운명처럼 어느 날 갑자기 나한테 딱 맞는 운동을 만날 수도 있잖아? 한눈에 반해서 어맛! 이 운동이야! 이건 꼭 해야 해! 이제 너랑 나랑은 평생 같이 가는 거야! 어쩌구저쩌구. 아무튼 이런 식으로 인생 운동을 만날 수 있지 않을까 하는 기대를 접지 못하고 그렇게 운동이란 운동은 조금씩 건드려 보며 전전하던 찰나.

태주 너한테는 왠지 클라이밍도 어울릴 것 같아.

클라이밍? 그게 뭔데? 등산 같은 건가?

왜, 암벽 등반 같은 거 있잖아.

에이, 내가 그걸 어떻게 해? 그러다 괜히 어디 부러지기라도 하면 어째.

아니야, 그거 요새 되게 많이들 해. 실내 클라이밍 센터도 있어.

에이.

그렇게 나는 손사래를 치며 고개부터 내젓고는 잊었다. 등산도 잘 못하는데 하물며 암벽 등반이라니! 그런데 사람 일이란 게 참 그렇다. 잊었다고 생각한 클라이밍이 사실은 마음 한쪽에 남아 있었는지 지난 올림픽을 보던 어느 여름날. 문득 다시 떠오른 것이다. 마침 '스포츠 클라이밍'이라는 경기를 보던 중이었다. 세상에! 그렇게 멋질 수가 없었다. 어머! 웬일이야. 저 민첩함! 근력과 도전 정신! 게다가 단순히 오르기만 하면 되는 게 아니라 어디를 어떻게 밟고 어디로 움직여야 하는지를 머릿속으로 끊임없이 고민해야 한다니 스마트하기까지 하다. 완전 매력 넘치는 운동이었네! 그날부터 언제고 클라이밍을 꼭 해 보리라 마음먹고 있었다.

그리고 드디어 지난여름 어느 주말 아침에 한 클라이밍 센터를 찾았다. 나처럼 습자지 귀를 가진 사람은 시작도 전에 3개월 회원권부터 끊어 가지고 올 가능성이 농후했기 때문에 우선 좀 진정하고 일단 하루만 체험해 보기로 했다. 이론 강의 1시간에 실습 1시간 해서 총 2시간이었는데 후기를 보니 운동을 하다가 참가자들이 힘들어하면 쉬면서 이론을 배우고 다시 암벽을 타는 식으로 진행되었다. 그런데 한 타임당 총 5명이 정원이었는데, 토요일 오전이라 그런지 전날까지도 신청 인원은 달랑 1명 즉, 나 혼자였다. 어, 이러면 안 되는데. 혼자면 뻘쭘하기도 하고 쉴 틈 없이 벽을 타야 하는 거 아닐까? 체력 달리는데... 취소 안 되려나. 막상 가려니 좀 귀찮은 마음도 있고 해서 은근히 정원 미달로 취소되기를 기다리는데 영 그럴 기미 없이 그대로 당일 아침을 맞았다. 좋아, 한번 해 보자! 마음을 단단히 먹고 약속한 오전 10시에 클라이밍 센터 앞에 도착했다.

지도를 보고 골목골목을 돌아 간신히 한 빌딩 앞에 멈추어 섰다. 주말 오전이라 그런지 조용했다. 여기가 맞나 의심하며 조심스레 지하 계단을 내려가니 환하게 불을 밝힌 클라이밍 센터가 나타났다. 거대한 실내 암벽장. 아마도 암벽을 재현했을 기기묘묘한 인공 암석들이 벽에 다닥다닥 붙어 있었다. 조심조심 들어가는데 딱 봐도 사! 범! 님!처럼 생긴 분이 스윽 나타나셨다. 단단한 체구와 형형하게 빛나는 눈빛이 약간 '이소룡' 느낌이었다. 꾸벅 인사하니 조용히 '이쪽으로 오시죠.' 하고 안내했다. 순간 팍 긴장이 되었다. 나, 잘할 수 있겠지? 떨리는 마음으로 암벽을 둘러보는데 멀리서 사범님이 '신발 사이즈가 몇이죠?' 하셨다. 나는 발볼이 좁고 앞뒤로 긴 편이라 어떤 건 235 사이즈라도 맞고, 또 어떤 건 240이라야 맞았다. 하지만 이건 클라이밍이니까 헐렁거리면 안 되겠지? 딱 맞게 신자!

235입니다!

이거 신으세요.

사범님이 툭 던져 주신 클라이밍화를 보니 왠지 너무 작아 보인다. 엥? 235가 맞나? 원래 이런가? 미심쩍어하며 발을 넣는데 아무래도 너무 작다. 이거 뭔가 이상한데?

저어, 선생님...! 신발이 너무 작은데요.

이거 235가 맞...

아, 보통 클라이밍을 할 때에는 한 치수 더 작은 걸

신는 게 좋습니다.

예??

그래야 다치지 않고 잘 올라갈 수 있고 또한... 어쩌구...

뒤에 설명이 더 있었는데 억지로 욱여넣은 발가락이 아파오기 시작해 잘 못 들었다. 그럼 이거 230 사이즈인가? 아니, 뭔 신발을 이렇게나 작은 걸 신고 한담. 아, 그냥 240이라고 할 걸 또 잘난 척하고 딱 맞게 신으려다가... 헛, 근데 너무 아프다.

서, 선생니임! 이거 좀 아픈데, 한 치수 큰 걸로 하면 안...

맞습니다. 아프죠? 고통을 참는 것도 수련의 일종입니다.

네?? 사범님은 무척 단호했다. 저 단호함. 저 카리스마. 30여 년간 클라이밍 외길 인생을 걸어오셨다더니 역시나 정말 저렇게 멋지고 맞는 말씀만... 이라는 생각이 절대 들지 않고 그저 아프기만 했다. 윽, 맞긴 뭐가 맞아요! 얼른 바꿔 주세요! 라는 외침은 마음속에만 남겨 두고 나는 예엡! 하고 일어섰다. 나

권위에 약한 사람이었네. 쓰읍. 두 시간 정도야 뭐 어떻게 버틸 수 있지 않을까? 나는 이렇게 양 발가락을 잔뜩 오므리고 마치 발로 주먹을 쥔 것처럼 뒤뚱거리며 클라이밍을 시작했다.

먼저 사범님의 이론 강의. 수강 후기에 '사범님의 철학'에 감탄했다는 내용들이 많아서 클라이밍의 철학이 뭘까 궁금했는데 과연 21세기가 어떤 시대인가에서부터 이론 강의가 시작되었다. 사범님 말씀에 따르면 이제 시대는 '지식 생산의 시대'를 지나 '신체 운동 능력'의 시대로 접어들고 있었다. 오, 그래서였나. 요즘 살기가 녹록지 않더니만 신체 운동 능력이 현저히 부족해서였어... 아, 발가락이야! 아무래도 피가 안 통하는 것 같다.

...게다가 우리는 지금 우선순위를 미루고 있습니다!
참 어리석게도 늘 가장 하고 싶은 걸 나중으로 미루죠!
맞습니다...

그 와중에도 나는 리액션 전문가답게 고개를 끄

덕이며 열심히 대답하고 있었다. 우선순위를 미룬다는 말은 정말 크게 공감이 갔다. 그렇다! 나도 지금 신발을 벗어던지고 내 발가락을 해방시키고픈 우선순위를 뒤로 미루고 있다! 아, 내 발... 불쌍한 내 발가락들...

클라이밍을 하겠다고 언제부터 생각하셨죠?
네? 한... 몇 년이지? 생각은 오래전인데요.
그 보십시오! 이렇게 늘 하고 싶었던 걸 미루지요.
지금 하고 싶은 일 하면서 살고 계신 거 아니시죠?
예? 아, 예에.

하고 싶은 걸 하느라 이 모양으로 살고 있기는 하지만 굳이 다 자세히 이야기할 필요는 없으니까 그리고 발이 너무 아프니까.

자, 그럼 일단 이야기는 여기까지 하고 한번 올라가 볼까요?
옛? 벌써요?
자, 제가 짚는 번호를 따라 올라가는데, 한 손과

두 발이 늘 이렇게 삼각형 모양으로 움직인다
생각하시고요.

  사범님은 훌쩍 암석 위로 올라가 사뿐사뿐 마치
나비처럼, 어느 순간엔 스파이더맨처럼 이곳저곳으
로 옮겨 다니셨다. 오오오! 나는 경탄의 눈빛으로 바
라보다가 금세 헛된 상상에 빠졌다. 마치 나도 금방
저렇게 할 수 있을 것 같은 착각. 그래, 내가 또 누군
가. 한때 – 무려 방년 6세 무렵에 – 엄 철봉, 엄 평행
봉으로 불리며 매달리기 선수급의 유연성과 근력을
자랑했었지. 한 30년 전 얘기지만 그때도 나고 지금
도 나니까(?) 아무튼 할 수 있지 않을까? 사범님이
긴 지시봉으로 턱! 하고 처음으로 짚어 주신 암석에
자신만만하게 손을 올렸다. 좋아! 한 발은 올렸고 이
제 나머지 발 하나만 더! 끙차! 하고 올렸는데 꺅! 소
리가 나올 만큼 발가락이 아팠다. 이게 다 230짜리
클라이밍화 때문이다.

  아프죠? 하지만 고통을 참아야 합니다.
  넵!

나는 사범님의 단호함에 다시 고개를 끄덕이며 다음 암석, 다음 암석으로 비틀대며 옮겨 갔다. 겨우 두어 개쯤 옮겨 잡았을까. 어느 순간 풍선에 든 바람이 빠지듯이 팔 힘이 쭉쭉 빠지기 시작했다. 게다가 캡 모자를 쓰고 있어서일까? 사범님이 봉으로 가리키는 다음 암석이 바로 아래 칸인지 그 아래의 아래 칸인지가 잘 안 보이고 헷갈려 발을 헛디디기 시작했다.

어허, 시력! 시력! 잘 보세요! 집중! 집중!

결국 네 번째 포지션으로 옮겨 가다가 어어억 하며 떨어지고 말았다. 악! 내 팔, 내 다리, 내 발, 내 발가락! 아쉽기도 하고 부끄럽기도 해서 고개를 못 들고 자리로 돌아오는데 사범님의 설명이 이어졌다.

보는 게 굉장히 중요합니다. 내가 어디에 서 있는가! 어디로 갈 것인가!

네...

확실히 눈이 나빠지긴 했는데, 이게 시력의 문제인가? 예전부터 눈과 손의 협응 능력이 떨어지기로 유명했던 터라 별로 놀라지도 않았다. 하지만 자기 전에 스마트폰 보는 건 좀 줄여야겠군. 아니, 지금 그게 문제가 아니라 근력이 너무 없는데? 그래도 근력이 100중 15는 될 줄 알았는데 0이구나. 아니, 마이너스일 수도 있겠다. 흑. 아니나 다를까. 사범님의 말씀이 이어졌다. 어허, 이거 큰일인데요! 이렇게 근력이 없으면 수업 진행이 어렵습니다. 큰일인데, 큰일! 지금 내 발가락도 큰일 났고 내 근력이랑 시력도 큰일이고 큰일투성이로구나. 안 그래도 굽은 어깨가 더욱 수그러들었다. 다른 참가자라도 있었으면 그 사람이 할 동안 내가 쉬고 내가 쉴 동안 그가 하면 되는 일이었지만 하필 또 일대일 수업이라 어쩔 수 없이 다시 이론 강의가 이어졌다. 이제 이야기는 IMF 시절로 흘러갔다.

실례지만 지금 나이대가 어떻게 되시죠?

(숨도 차고 발도 아파서 허리를 숙이고 신발 끈을 느슨하게 하며) 서른흔... 후, 후반이요호...

서른 초반! 역시나 IMF가 기억나지 않지요.
그때 우리나라는...

네? 저는 당시 이미 중학생으로 아주 선명히 기억하고 있습니다만...! 어쩐지 내 나이를 잘못 들은 사범님 덕분에 강습 내내 모자를 벗을 수가 없었다. 그렇게 나는 정치, 경제, 사회, 문화를 오가는 사범님의 철학과 이론 강의를 듣고 몇 번인가 더 암벽을 향해 기어올랐다. 올라갈 때는 나무늘보처럼, 떨어질 때는 장마철 장대비처럼 아주 후두둑 떨어져 무척 볼썽사나웠음은 물론이다. 어흑. 나는 내가 오기라도 있을 줄 알았는데 이렇게 맥없이 빛의 속도로 떨어질 줄이야! 그동안 홈 트레이닝을 해 본다고 수박 겉핥기로나마 몇 번씩 아령도 들고 했는데 역시나 그 정도의 움직임으로는 어림도 없었구나. 바로 저기로 하나만 더 옮겨 가면 되는데 대체 어떻게 가야 할지 감이 서질 않았다. 어디를 어떻게 디뎌야 할까. 스텝은 꼬이고 팔 힘은 떨어져 가고 말 그대로 진퇴양난, 사면초가. 근력도 없고 스마트하지도 않고 잘 볼 줄도 모르는 총체적 난국 속에서 들리는 것은 오직

나의 거친 숨소리와 이제 그만 내려가자는 마음의
소리였다.

그래도 몇 번을 계속해서 도전하다 보니 아주 미
세하게나마 나아지기 시작했다. 마지막에는 꽤 높
은 곳까지도 올랐다. 사범님은 내가 근력은 없지만
운동 신경이나 자세는 아주 좋다며 크게 칭찬을 해
주셨다. 아, 진짜요? 정말요? 자신감이 떨어진 직후
라 칭찬을 들어도 의심부터 들며 자꾸 튕겨 나갔다.
하지만 다음번 운동을 위해서는 잘 주워 담아야겠
지. 나는 운동 신경이 좋고 자세도 좋다! 근력만 키우
면 된다! 근데 이제 클라이밍화는 한 치수 큰 걸로 신
도록 하자. 두 시간 동안 발가락에 불나는 줄 알았네.

강습을 모두 마치고 지상으로 나오자 햇빛이 찬
란하게 쏟아졌다. 날씨 때문인가 오랜만에 몸을 써
서 그런가 기분이 무척 좋았다. 어쩌면 무엇 하나에
인생을 걸고 '진심으로 살고 있는' 사람을 만나서 그
럴 수도 있겠다. 그러고 보면 '인생 맛집'이니 '인생
음악'이니 하는 말들은 얼마나 무거운 것인가. 함부

로 할 말은 아닌 것 같다. 나 역시 인생 운동을 찾고 있지만. 음, 그걸 찾을 시간에 러닝을 한 번 더 하고 스트레칭이라도 한 번 하는 게 더 나을까. 내가 나를 잘 지탱할 수 있도록 힘을 내서 운동에 달려들어 보자. 비록 발은 좀 아프고 근력이 0이라 괴로웠지만 도시 중심가의 한 지하 암벽장에서 '인생'이라는 단어가 가진 무게감을 오롯이 느낄 수 있었던 좋은 경험이었다.

아무튼, 운동이다. 운동!

홍대에서 스윙댄스를
배워 보자!

★

춤에 관한 한 나는 세 살만도 못한 실력을 가지고 있다. 음악이 나오면 기우뚱기우뚱 몸을 흔드는 아기들만도 못하다는 소리이다. 아기 때도 말은 기가 막히게 잘하면서 음악만 나오면 그저 엉거주춤하게 서서 불안한 듯 눈동자만 굴리고 있었다니 말 다했다. 그렇게 몸치와 박치임을 일찌감치 뽐내던 사람답게 학창 시절에는 이런 흑역사도 하나 만들어 냈다. 고1 수련회 날이었다. 그때는 왜 그렇게 밥 먹는 순서에 사활을 걸었는지. 모든 반이 모인 자리에서 저녁 먼저 먹기 미션을 두고 레크리에이션 시간을 가졌는데, 하필 마지막 순서가 각 반 반장들의 댄스

타임이었다.

자! 지금부터 각 반 반장들의 화려한 댄스 타임이
있겠습니다!!

당시 나는 반장을 맡아 있는지 없는지 모를 온갖
리더십을 다 끌어다 쓰는 중이었는데 진행자의 말
이 떨어지기가 무섭게 절규했다. 왜! 왜 하필 춤이냐
고!! 나는 그만 미쳐버릴 것 같았다. 야, 너만 믿는다!
얘들아, 그래 봤자 저녁은 어차피 카레라이스야. 조
금만 천천히 먹으면 안 되겠니? 안 되겠지? 안 될 거
야, 그래... 나는 도살장을 코앞에 둔 소처럼 무대 위
로 어기적어기적 걸어 나갔다.

자, 다들 어떤 춤을 보여줄지 정말 궁금한데요!
음악 큐우-!

몸치에 박치. 게다가. 당시 음악이라고는 국악과
록발라드만 듣던 내가 반을 대표해 춤을 추게 되다
니. 그것도 목숨보다 소중한 저녁밥 순서를 걸고. 머

리 위에는 현란한 조명이 돌아가고 내 눈앞에는 못
해도 수백의 아이들이 두 눈을 빛내며 앉아 있었다.
그리고 운명처럼, 음악이 흘러나왔다. 당시 유행하
던 테크노 음악이었다. 에라, 모르겠다! 못 춰 봤자
놀림거리밖에 더 되겠나. 일단 오른손 손가락 하나
를 쭉 뻗어 허공을 푹 찌르고 왼손을 허리에 꽂은 채
고개를 숙이고 미친 듯이 온몸을 좌우로 흔들기 시
작했다.

좌우좌우좌우좌우좌우좌우...

세차 기계라도 된 듯이 그렇게 미친 듯이 흔드는
데 별안간 앞에서 벼락같은 웃음들이 쏟아졌다. 야!
7반 반장, 탈춤 춘다! 야... 아니라고... 탈춤 아니라
고!! 테크노라고!!! 항변도 소용없이 한동안 나는 '탈
춤 춘 걔'로 불리며 괴로운 봄을 보내야 했다. 그 후
로는 춤의 ㅊ만 들어도 치를 떨곤 한다.

이렇게 춤의 ㅊ도 보기 싫어하는 나지만, 새로운
것에 도전해 보는 것은 좋아해서 새해를 코앞에 둔

어느 해 연말, 한번 시도는 해 보기로 한 게 '스윙댄스'였다. 친구 지수의 제안으로 얼결에 따라나서게 된 것인데, 학원은 아니었고 일종의 동호회였다. 처음에는 많이 망설였지만 운동도 되고 기분 전환도 될 것이라는 말에 용기를 냈다. 장소는 무려 홍대. 뭔가 핫플레이스에서 핫한(?) 동호회 활동을 시작하게 된 것만 같아 마음이 설레기 시작했다. 총 여섯 번의 강습이 있고, 그 여섯 번이 끝나면 다시 새롭게 등록해 배우는 방식이었다. 여섯 번이라. 이번에는 좀 꾸준히 해 볼 수 있으려나. 춤도 제대로 배우면 운동도 되고 좋은 취미가 된다던데. 한번 나가 보고 영 아니다 싶으면 여섯 번을 끝으로 그만 나가기로 하고 길을 나섰다.

처음 신입 회원으로 들어가기 위한 신청서를 쓸때, '닉네임'을 정하라고 해서 잠시 고민했다. 그러다 결국 웹에서 가끔씩 쓰던 '우주청년'으로 써 냈다. 사실 별 뜻은 없었다. 그냥 평소 좋아하는 단어인 '우주'와 이십 대 시절에 괜히 이름 앞에 붙이곤 했던 '청년'을 합성한 것이었다. 그런데 아뿔싸! 동호회 활동을 하는 내내 그 이름으로 내내 불리는 것이었다. 이럴 줄 알았으면 정상적인(?) 닉네임을 썼지. 아오.

안녕하세요, 우주청년 님.
아, 네...!

게다가 하필 같은 조에 '우주정복' 님이 있어 왠지 시작도 하기 전에 진 것 같은 이 기분. 설상가상으로 사람까지 많았다. 초면에 낯을 많이 가리는 편이라 시작하기도 전에 어서 집으로 돌아가고 싶어졌다. 아, 괜히 한다고 했나. 지금이라도 돌아서서 갈까. 하지만 동호회장의 활기찬 인사말이 있은 후, 경쾌한 음악이 흘러나오자 기분이 좋아지기 시작했다. 첫날은 기본 스텝을 배우고 몇 가지 턴 동작을 배우는 것으로 수업이 마무리되었다. 아주 어설펐지만 열심히 따라했다. 몸이 뜻대로 움직여 주지 않아 몇 번인가 스텝이 꼬이고 휘청였지만 배우는 과정은 다 그렇겠지. 그다음 주에는 턴 동작을 더 많이 배우는지 여자들은 '플레어스커트'를 입고 오라는 공지가 있었다. 그런 게 있을 턱이 있나. 그럼 스커트를 새로 사야 하나? 치마는 강의나 결혼식처럼 중요한 날에나 입는 내게 동호회 때문에 옷을 새로 사는 것은 쉽지 않은 결정이었다. 첫날 수업도 갖은 고뇌 끝에 용기를 내서 갔는데 두 번째 수업은 왠지 산 넘어 산 같은 느낌이 들었다. 그래도 모처럼이니 계속해서 해볼까? 꼭 춤을 배우기 위해서라기보다는 일단 쉬는 날 집에 박혀 있지 않고 번화가에 나가 새로운 사람들도 만나고 지수와 밥도 먹고 이런저런 이야기를 나누는 과정 자체가 무척이나 기분 전환이 되었다.

그리고 다음 주 수업. 지난주보다 더 많은 사람들이 왔다. 기본 스텝을 복습하고 턴을 새로 배웠는데, 사람들이 많아 자꾸 부딪혔다. 턴을 계속하니 좀 어지러웠지만 금세 흥이 났다. 역시 여기까지 나오는 게 힘들지 막상 오면 또 재미있다 그치? 지수와 나는 쉬는 시간을 틈타 서로 공감하며 웃었다. 결국 치마 대신 바지를 입고 갔는데, 턴 동작을 할 때 보니 역시 플레어스커트가 제격인 듯했다. 사람들은 서로가 낯설어 수줍어하면서도 막상 음악이 나오면 즐겁게

춤을 췄다. 처음으로 춤의 매력을 조금이나마 느낄
수 있었다. 춤은, 아름다웠다. 내가 잘 모르고 어려워
해서 그렇지 사람을 무척 생기 있게 하고 행복하게
만드는 마법 같은 힘이 있었다.

그렇지만 어쩔 수 없는 몸치라서 그런가. 아니면
스윙댄스를 배우러 가던 계절이 너무나 추운 겨울
이어서 그랬을까. 간신히 흥미를 붙여 볼까 했던 스
윙댄스도 한 기수가 마무리되자 흐지부지 그만두고
말았다. 가끔 한 번 더 춤을 배워 볼까 하는 마음이
들 때가 있다. 삶이 긴장으로 가득 차 숨이 막힐 때,
문득 내가 너무 경직된 자세로 하루를 살았구나 싶
을 때 춤을 추던 그 겨울이 생각난다. 조금은 수줍고
조심스럽게, 하지만 활짝 웃는 얼굴로 음악에 맞추
어 하나, 둘, 셋, 둘, 둘, 셋. 그렇게 음표를 따라가다
보면 어느새 몸과 마음이 부드럽게 풀려 내가 사는
시간을 포근하게 나는 듯 걸어 보던 시간들.

요즘도 가끔 지수와 그때 이야기를 하며 같이 웃
는다. 춤에 관한 한 여전히 몹쓸 실력을 가지고 있지

만, 그래서 언제고 다시 도전해 볼 용의가 있다. 그때를 위해 미리 플레어스커트라도 하나 마련해 둘까. 그렇다면, 그때는 닉네임부터 좀 잘 정해 봐야겠다.

요리 천재가 되고 싶어

★

나는 자취의 신이다. 웬만한 요리는 뚝딱뚝딱 30분이면 족하다. 플레이팅도 제법이다. 포슬하게 밥을 지어 신선한 채소와 영양가 있는 계절 반찬이 함께하는 식사. 주로 이렇게 집밥을 해 먹는다. ...는 뻥이다. 버킷 리스트를 쓰다가 특대왕 망상을 한번 해 봤다. 사실 나는 자취의 신이 아니라 자취의 쉿! 이다. 어디 내놓기 부끄러운, 저렇게도 14년 경력의 자취러가 될 수 있구나 싶은, 그래서 숨기고픈 자취라 쉿이다. 그래, 그 쉿 말이다. 조용히 하라고 닦달하고싶을 때 쓰는 쉿.

언젠가 점심으로 먹을 3분 카레를 뜯다가 나도 모르게 한숨을 내쉰 적이 있다. 난 왜 아직도 3분 카레인가. 자취 14년간 배운 것이 겨우 3분 카레란 말인가. 게다가 이건 배우고 말고 할 것도 없다. 이때의 밥은 주로 즉석밥이다. 아니! 이 나이 먹도록 밥도 할 줄 모르나? 다행히 아직 그 정도까지 망하지는 않았다. 솔직히 밥은 오래전부터 해 와서 정말 잘 지을 수 있다. 그럼 뭐하는가. 안 짓는데! 하질 않는데! 밥솥도 있고, 쌀도 있다. 그럼 뭐하냐고. 하질 않는데!

이런 이야기를 하면, 요리의 신(神) 친구들이 측은한 목소리로 여러 가지 방법을 알려 준다. 태주야, 요즘에는 인터넷에 쉽고 알찬 레시피도 아주 많고, 네가 마음만 먹으면 그럴듯한 요리들도 빠르고 편리하게 해낼 수 있단다. 너무 맞는 말이라 신나게 고개를 끄덕이고 열망에 불타올라 집으로 돌아온다. 그런데 문제는 집에 오는 즉시 열망이 다시 0에 수렴한다는 것이다. 타올랐던 의지가 한순간에 훅 꺼지고 바닥에 길게 누워 있다가 결국 '즉석밥이나 돌려 먹어야겠다'가 된다. 사실 나는 먹는 일에 별로 관심이 없다. ...라기에는 엥겔 지수가 너무 높긴 한데 아무튼 약간 배만 부르면 되는 타입이라고 할까. 의식주에서 '의'에도, '식'에도 큰 관심이 없다니 이거 좀 문제가 있는 거 아닌가 모르겠다.

그러다 불혹을 앞두고 이대로는 안 되겠다는 위기의식을 느낀 끝에 얼마 전 한 요리 클래스에 다녀왔다. 요리 장인의 지도 아래 직접 한식을 만들어 볼 수 있는 과정이라고 해서 기대 반 걱정 반으로 신청했다. 다양한 도전 메뉴들 중 나는 '닭볶음탕과 달걀말이 세트'를 선택했다. 신청만 했을 뿐인데도 김치국 마시기가 주특기인 인간답게 벌써 요리 천재라도 된 양 신이 났다. 동네방네 소문도 냈다. 이보세요! 저 요리 배우러 가요! 닭볶음탕요! 감자도 잔뜩 넣어서 매콤하고 알싸하게 해 먹을 거예요! 이제 이 요리 천재는 자취의 신으로 거듭날 거랍니다아!

드디어 요리 클래스의 날이 밝고 나는 약속 시간에 맞추기 위해 일찌감치 집을 나섰다. 선생님의 집으로 직접 방문하기 때문에 약간 긴장도 되었다. 혹시 냄비를 태운다거나 요리 도구를 망가뜨리지는 않겠지. 그 정도로 조심성이 없지는 않으니까 괜찮을 거야. 음식 맛은 둘째 치고 내가 장인의 레시피를 따라갈 수는 있을까? 이런저런 걱정을 안고 도착했다. 문을 열자마자 귀여운 고양이 두 마리가 나를 반겼다. 맙소사! 황홀경이군. 오늘은 이것으로 됐다. 요리가 망해도 괜찮아. 너무나 귀여운 친구들을 만났으니까.

집안 전체가 화사했고 깔끔하게 정돈되어 있었다. 선생님은 50대 후반 정도 되어 보이는 어머니셨는데, 나를 진짜 딸처럼 친근하게 대해 주셔서 용기가 생겼다. 저 진짜, 진짜 못하거든요. 요리를 제대로 시도조차 해 본 적이 없는데 괜찮을까요? 집에 들어서면서부터 걱정을 늘어놓는 내 앞에 어느 순간 자연스럽게 수박 한 접시가 놓였다. 아유, 다들 그래요. 우선 이것부터 먹고 해요. 앗, 감사합니다. 나는 얼결에 부엌 옆 작은 식탁에 앉아 수박부터 먹기 시작했다. 그런데 왜 갑자기 요리 클래스를 신청하게 됐어요? 아, 그게요. 우걱우걱 수박을 먹으며 그동안의 고민을 털어놓았다.

사실 제가 요리를 거의 안 하고 못하지만 요리 – 정확히는 요리 천재 – 에 대한 야망이랄까요. 욕망이랄까요. 로망이랄까요. 그런 게 아예 없는 건 또 아니거든요. 한마디로 안 하고 못하지만, 안 하고 못하고 싶지는 않다는 뭐 그런 말입니다. 껄껄.

이게 대체 무슨 말이야. 초면에 이렇게 말할 수는 없어서 간단하게 한 말씀만 드렸다. 아, 제가 그동안 요리를 너무 안 해서 이대로는 안 되겠다는 생각에... 그러고는 갑자기 부끄러운 마음이 들어 '부끄럽네요' 하고 고개를 수그렸다. 선생님이 호탕하게 웃으셨다. 아이고, 그런 사람 많아요. 정말 칼도 제대로 안 잡아 본 사람들도 의외로 많으니까 절대 걱정할 것 없어요. 오호? 그래도 과일은 좀 깎아 본 터라 순간 자신감이 샘솟았다. 아아, 어쩌면 늦깎이 요리 천재의 길이 가능할지도!

선생님은 얼마 전까지 식당을 운영하셨고 지금은

그 경험을 바탕으로 나 같은 요리 초보에게 요리의 즐거움을 알려주는 요리 클래스를 진행 중이라고 하셨다. 세상에, 식당이라니. 나는 진심으로 모든 요식업 종사자 분들을 존경한다. 나는 내 입 하나 건사하는 것도 버거운데, 수천을 먹이는 일이란 얼마나 대단한가. 이런 생각이 꼬리를 물고 이어지는 사이 선생님께서 가장 먼저 칼 놓는 법부터 설명하셨다. 칼을 도마에 한번 놓아 보라는 말씀에 아무 생각 없이 늘 하던 대로 칼등을 바깥쪽으로 해서 턱 올려놓았다. 아주 잘했다는 선생님의 칭찬이 이어졌다. 다만, 지금과 반대로 칼등을 안쪽으로 해서 놓는 게 좋다고 하셨다. 음, 전혀 잘한 게 아니로군. 그렇게 놓는 이유는 안전의 문제도 있고, 주변 사람들에게 안정감을 주기 위해서라고 하셨다. 전혀 생각지 못한 부분이었다. 요리의 과정을 누군가 지켜볼 수도 있다는 생각을 아예 해 본 적이 없는데, 확실히 새로운 눈이 뜨이는 기분이었다.

그러고 나서 닭볶음탕에 필요한 재료들을 본격적으로 손질하기 시작했다. 이미 어느 정도 손질되

어 있는 재료에 몇 가지만 더하는 식으로 재료 손질
법과 그에 맞는 칼질을 배웠다. 깍둑썰기와 어슷썰
기였다. 오, 가정 시간에 배웠던 것 같다. 희미해진
옛 기억을 떠올리며 선생님의 시범을 열심히 따라
했다. 그러다 어느새 부지런히 양배추를 썰고 쫄면
을 삶고 있는 나를 발견했다. 응? 가만, 쫄면? 그게
오늘 메뉴에 있었나? 물음표를 그리고 있는데 휘릭
하더니 삶은 쫄면이 나오고 다시 휘릭 하더니 쫄면
에 들어갈 삶은 달걀과 양념이 가지런히 세팅되었
다. 얼결에 어어어 하며 따라가다 보니 순식간에 쫄
면 한 그릇이 완성되었다. 그 순간만큼은 당장이라
도 쫄면 전문점을 차릴 수 있을 것 같은 자신감이 솟
구쳤다. 이렇게 손쉽게 맛난 요리를 할 수가 있구나!
게다가 요즘은 1인용 식자재도 많으니 마음만 먹으
면 뭐든 못하랴! 그래, 내일은 우선 쫄면이다!

　마음속으로 한창 쫄면왕을 꿈꾸고 있는데 선생님
께서 내 앞에 쫄면 그릇을 내미셨다. 자자, 어서 들어
요. 앗, 잘 먹겠습니다. 이미 수박으로 배가 찬 상태
에서 이번에는 쫄면을 먹기 시작했다. 새콤달콤한

게 너무 맛있어서 술술 들어갔다. 아, 이제 첫 메뉴인데 큰일이네. 아참, 나 요리하러 왔지. 정신을 차리고 일어섰다. 아니, 왜 그것밖에 안 먹어요? 아, 제가 배가 좀 불러서 다른 걸 못 먹을까 봐. 아유, 또 먹으면 되지! 시간이 정해져 있으니 마음이 바빴다. 다음 재료는 두부였다. 음? 두부? 닭볶음탕에 두부가 들어갔던가? 아아, 달걀말이에 들어가나 보군. 역시나 달걀을 깨서 풀고, 이제 두부를 달걀 물에다가 퐁당! 응? 두부를 달걀에? 알고 보니 두부는 달걀말이용이 아니었다. 달걀에 적신 두부는 기름을 두른 프라이팬으로 직행해 금세 두부전이 되었다. 두부전? 이건 도전 메뉴에 없었는데? 그러고 보니 참, 쫄면도 없기는 마찬가지였지. 점점 늘어나는 메뉴들에 당황한 기색을 보이자 선생님은 사람 좋게 웃으며 말씀하셨다.

달걀말이 하는 김에 두부도 부쳐 보고 그러면 좋지요. 너무 어려워 말고 편하게 이 과정을 즐겨 보세요. 보통 요리라고 하면 뭔가 복잡하고 어려워 보이지만, 조금만 마음을 내서 들여다보면 음식을 하는 일만큼 재미도 있고 의미도 있는 일이 또 드물거든요.

그러면서 선생님은 식당을 운영하며 있었던 재미
난 에피소드를 들려 주셨다. 고단했지만 참 행복한
순간이 많았다고 하셨다. 특히 내가 만든 음식을 손
님들이 맛있게 먹을 때의 기쁨이 정말로 컸다며 환
하게 웃으셨다. 진심이 담긴 눈이었다. 요리를 업으
로 삼고 있는 사람들을 만날 때마다 공통적으로 들
었던 말이지만, 직접 요리를 하는 중이라 그랬는지
그날따라 더욱 마음에 와닿았다. 나는 그동안 먹어
만 보았지 제대로 해 본 적 없던 다양한 메뉴들을 따
라가느라 허둥대는 와중에도 선생님의 말씀들을 마
음에 새겼다. 그렇게 쫄면과 두부전을 거쳐 매콤한
두부채소볶음, 달걀말이에 대망의 닭볶음탕까지 총
다섯 가지의 요리를 완성할 수 있었다. 내가 이 과정
을 전부 기억할 수 있을까? 새로운 메뉴가 나올 때마
다 열심히 고개를 끄덕이고 따라하며 틈틈이 메모
도 했지만 역시나 모든 것을 기억하기에는 역부족
이었다. 집으로 돌아오는 길에 메모한 내용을 들여
다보니 거의 암호 수준이다.

양파 고추 고추씨 매콤하게 그리고 당근 파 큼직 큼직 썰어 물 살짝 채소 먼저 볶고 간장 고추장 물엿 고춧가루 볶고 두부와 기름 웍질...

이게 뭐람. 나는 메모를 집어넣고 버스 의자에 기대어 조용히 그날 하루를 되새겨 보았다. 선생님은 '자신이 직접 만든 요리를 먹는 기쁨'부터 배우는 것이 좋다며 모든 메뉴를 바로바로 시식할 수 있도록 자리를 마련해 주셨다. 덕분에 요리를 하러 온 것인지 먹으러 온 것인지 분간이 되지 않을 정도로 열심히 먹었다. 이미 배가 불러 더 이상 못 먹겠다 싶은데도 참 맛있었고 계속 들어갔다. 이 정도면 사실은 나먹는 일에 진심인 사람이 아닐까? 식생활에 큰 흥미가 없다고 생각한 건 어쩌면 커다란 착각이었는지도 모르겠다. 돌이켜 보니, 살면서 정말 많은 사람들로부터 마음이 담긴 한 끼를 대접받아 왔고, 그때마다 나는 정말 맛있게 음식을 먹었다.

집들이에 초대한 친구들은 차린 게 없다고 수줍어하면서도 손수 마련한 정갈한 음식들을 끊임없

이 내왔었지. 어느 날 오랜만에 연락해서 제대로 챙겨 먹고 있느냐며 잔소리를 하다가 집에 한번 들르라던 친구도 있었다. 뜬금없이 수육을 삶아 놓았다면서. 또 한 친구는 우리 집으로 갓 지은 밥과 따끈한 카레를 직접 들고 오기도 했다. 시켜 먹는 음식은 질리잖아 하면서 씩 웃던 친구의 손에서 옮겨 받은 밥 냄비는 그때까지도 따끈따끈했다. 한번은 직장에서 만난 선생님께서 맛있는 점심을 대접하고 싶다며 아주 길고도 정중한 메시지를 보내오셨다. 무엇을 좋아하는지, 특정 음식에 알러지는 없는지, 와인을 곁들이려 하는데 괜찮은지를 묻는 섬세하고도 다정한 글에 나도 모르게 마음이 일렁여 여러 번 읽었더랬다. 그런가 하면 보나 마나 대충 때우고 있을 게 뻔한데, 그래도 가능한 직접 해 먹으라며 요리 레시피 링크와 함께 마트 상품권을 손수 사서 보낸 지인도 있었다.

나는 그때마다 어쩔 줄 몰라 괜히 좀 허둥댔다. 너무나 기쁘고 고마운데, 나란 존재가 왠지 부담을 주는 것 같아서 망설여졌기 때문이다. 앗, 직접 차린 식사라니! 손도 많이 가고 복잡하고 힘들 텐데 그냥 시켜 먹지 하면서도 막상 그날이 오면 누구보다 기쁘게 달려가 그 순간을 맞이했다. 집 안으로 들어설 때 파도처럼 밀려들던 따뜻한 온기와 고소하고 달큰한 향기는 내 눈앞에 펼쳐진 '식사의 풍경'을 전신으로 느낄 수 있게 해 주었다. 차린 게 없어 어떡하느냐며 맛은 어떤지 입에 맞는지를 유심히 살피던 사람들 앞에서 나는 연신 고개를 끄덕이며 감탄했다. 그러고는 내 몫으로 나온 식사를 온전히 다 먹었다. 그런 나를 보며 한 친구는 이렇게 말하기도 했다.

태주야, 밥을 잘 챙겨 먹는 게 결국 나를 돌보는 일이더라. 그러니까 귀찮아도 잘 챙겨 먹어.

그때는 그냥 응응, 정말 그렇네 하며 고개를 끄덕이고 말았는데, 요 며칠 요리에 대해 생각하며 다시 떠올리니 정말로 묵직한 말이었다. 사실 나조차도 내가 왜 이렇게까지 음식 만드는 일을 귀찮아하는지, 먹거리나 요리에 관심이 없는지 궁금한 때가 있었다. TV를 보면 그 바쁜 방송인들도 멋지고 근사하게 잘만 차려 먹던데 나는 대체 뭘 하느라 매번 대충 대충 먹는 둥 마는 둥 하는 걸까. 반성과 후회를 거듭하면서도 결국 귀찮다는 이유로 다시 끼니를 건너뛰거나 간단하게 때우기를 반복했다. 그러면서 자연스레 내가 '음식에 큰 관심이 없는 사람'이라고 결론을 내렸다. 그런데 오늘에 와 다시 보니 나는 '나를 돌보는 데 큰 관심이 없는 사람'이었다. 친구의 말이 맞았다. 내가 나를 먹이고 돌보는 일을 소홀히 하면서 몸도 마음도 건강하기를 바랐다니 도둑 심보다.

그제야 오늘 다녀온 요리 클래스가 왜 재미있고 신이 났는지 조금은 알 수 있을 것 같았다. 사실 처음 수업을 가면서 요리의 알파부터 오메가까지 모조리 배워 오리라는 기대는 전혀 하지 않았다. 누구 말마따나 요리 재료와 레시피에 대한 정보는 널리고 널렸으니 말이다. 그렇다면 나는 무엇을 배우러 아침부터 그 먼 길을 나섰던가. 요리 관련 지식은 0에 가깝기 때문에 무엇을 배우게 될지조차 처음에는 잘 몰랐다. 많은 일들이 그렇다. 나는 A를 배우러 갔는데 정작 배우고 온 것은 B이거나, 뭔가를 배울 것이라는 기대조차 없었는데 그 어느 때보다 많은 것을 배우고 오게 되는 경우도 많다. 이번 요리 클래스에서의 내가 그랬다. 처음에는 그냥 요리에 대한 동기부여나 하고 오자는 마음이 컸고, 가서 칼을 쥐고 대파를 썰면서는 파 썰기라도 잘 배워 오면 좋겠다는 생각을 했다. 요리에도 효율적인 순서가 있다는 말을 듣고서는 그동안의 내가 요리를 한답시고 얼마나 대책 없이 아무렇게나 덤볐는가 깨달았다. 그리고 맛있게 먹으면서는 아무런 대가 없이 요리를 해서 나를 먹이고 돌보아 주던 가족과 주변의 많은 사람들을 떠올렸다. 요리를 해서 다른 사람들을 대접하는 일은 그냥 '한 끼를 같이 먹는 일'에서 끝나는 게 아니라 '서로가 서로를 돌보는 일'로 확장되는, 어찌 보면 매우 거대하고 심오한 삶의 영역 중 하나였다. 요리를 좋아하고 잘하는 친구에게 이런 깨달음을 전하니 그가 툭 던지듯 말했다.

매일 요리를 한다고 생각하면 피곤해서 못 살지.
그냥 그때그때 할 수 있는 걸 하는 거야.

듣고 보니 맞는 말이다. 매일 끼니 때마다 '자! 오늘도 나를 멋지게 먹여 살릴 메뉴를 정해서 어디 한번 근사하게 요리를 해 볼까?'라고 생각할 수는 없는 노릇이다. 그런 특별한 하루도 있겠지만 대부분은 '오늘은 또 뭘 해 먹나, 뭘 먹어 볼까.' 하며 고민과 걱정 끝에 한 끼를 채우겠지. 그러니까, 그때그때 할 수 있는 일을 하는 건 끼니의 영역에서도 마찬가지겠다. 그래, 요리 천재는 무슨. 그냥 일상 속에서 할 수 있는 걸 하고 먹을 수 있는 걸 잘 먹으려는 노력부터 하자. 나는 이렇게 요리 천재가 되려던 원대한 꿈을 살포시 접었다. 대신 규칙적으로 나를 먹이고 돌보며 일상과 일상 속의 특별함을 동시에 추구할 줄 아는 '평범한 일상인'이 되기로 했다.

음, 그래도 애써 배운 게 좀 아까우니까 오늘 점심에는 매콤한 두부채소볶음에 한번 도전해 볼까? 우선 두부를 사고, 당근이랑 또 양파도... 참, 물엿도 없는 것 같은데 그럼 물엿이랑... 머릿속으로 죽 그려 보다가 금세 지쳐 관두었다. 오늘은 그냥 있는 반찬이랑 먹고 이건 내일 아니, 다음 달에 도전해 보자.

그래, 다음 달에는 진짜 꼭 해 보는 거야! 이왕이면 친구들도 초대할까? 생각만 해도 신나는데? 하하!

이렇게 오늘도 특별하고도 평범한 일상이 흐르고 있다.

조급증 인간의 도예 수업

★

도예에 대한 막연한 환상은 어린 날의 풍경으로부터 시작한다. 여덟 살 무렵, 드디어 둘째인 나까지 학교에 보낸 엄마는 동네 아주머니들과 함께 지점토 수업을 받으러 다니셨다. 학교에 다녀오면 하나가 완성되어 있고 다음 달이 되면 또 하나가 완성되어 참 신기했던 기억이 난다. 엄마의 지점토 작품은 휴지 케이스나 꽃병 같은 실용품으로 쓰이거나 아니면 그 자체로 '엄마의 시간이 이렇게 흘렀다'라는 것을 증명하는 작품이 되었다. 잘못 건드렸다가 혹시 망가뜨릴까 봐 작품을 손끝으로 조심조심 만져 보던 어린 날, 나중에 크면 나도 엄마처럼 내 작품을 만

들어 보아야지 다짐했다.

　그러나 살다 보니 마음먹은 대로 잘 되지만은 않아서 나는 아주 오랫동안 도예 수업에 대한 희망만 품고 지냈다. 그러다 지난 가을, 마음이 무척 괴로운 시기가 있었다. 특별한 사건이 있었던 것도 아닌데 왜 그랬을까. 누구나 그런 순간이 있을 것이다. 아침이면 멀쩡하게 잘 일어나서 하루를 잘 보내고 돌아와 이만하면 되었지 하고 자리에 눕는데 문득 공허하고 허탈해 눈물이 날 것 같은 밤 말이다. 이유를 대라면 그냥 '내가 나인 것이 괴로워서'라고 할 수 있을까. 이렇게 뜬금없는 이유라니. 하지만 사실이었다. 일도 잘 다니고 그 어느 때보다 바쁘게 살고 있는데 왜 그런지 가만히 있으면 머리가 복잡하고 마음이 들끓었다. 뭐라도 하지 않으면 안 되겠다 싶어서 요가를 해 볼까, 아니면 한동안 열심히 하다가 멈춘 달리기를 다시 시작할까 고민했다.

　그러던 중 문득 도예가 떠올랐다. 흙을 만지며 빙글빙글 돌아가는 물레를 보고 있으면 마음이 좀 나아지지 않을까. 내 자신에게 꽂혀 있는 시선을 저 바깥 너머 먼 곳으로 돌릴 수 있을 것 같았다. 며칠을 계속 고민하다가 결국 도예 수업을 찾아 앞뒤 안 가리고 덜컥 신청해 버렸다. 왠지 도예는 어디 멀리 나가서 배워야만 할 것 같아서 망설였는데, 도심에도 의외로 꽤 많은 곳들에서 수업을 진행하고 있었다. 찬찬히 커리큘럼을 살펴보다가 거리가 가깝고 마음에 드는 곳을 골랐다. 드디어 도예를 배우는구나! 괜히 마음이 두근대기 시작했다. 수업 시간은 사람이 적을 것 같은 주말 오전을 택했다. 고요한 가운데 흙을 만지며 내 삶을 돌아보고 마음도 잘 추슬러 봐야지. 잡념이 사라지고 선정[禪定]의 경지에 이를지도 몰라.

수업이 진행될 도예 작업실은 지하에 있었다. 지하인데도 꽤 밝았고, 현대적인 느낌의 인테리어가 인상적이었다. 동 시간대에 사람이 별로 없지 않을까 예상하고 은근히 그러기를 기대도 했지만 정말로 나 혼자뿐이었다. 문득 지난여름 홀로 들었던 클라이밍 수업이 생각났다. 하지만 오늘은 천천히 흙을 만지며 머릿속 생각을 비우는 것이 목표니까 오

히려 다행이다. 스스로를 다독이며 안으로 들어서
니 수강생들의 작품으로 보이는 각종 도예품들이
빼곡하게 들어차 있었다. 정갈하게 놓인 초벌구이
도자기들과 도예에 쓰이는 흙덩이 재료들이 곳곳에
놓여 있었다. 바라보기만 해도 안정이 되는 풍경이
었다.

혹시 만들고 싶은 게 따로 있으신가요?
아, 저는 큰 접시를 만들고 싶은데요.
큰 접시요?
파스타 같은 걸 담아서 먹을 수 있는…
아하.

사실 도예 수업에 오는 게 가장 큰 목표였기 때문
에 뭘 만들겠다 하는 생각을 미리 하지는 않았다. 그
래서 그냥 쓰임새가 많은 컵이나 만들어 볼까 하던
찰나, 언젠가 친구가 큰 접시가 있었으면 좋겠다고
한 말이 기억났다. 접시? 커다란 접시면 컵보다 만
들기가 더 쉬울까? 그래, 접시로 한번 도전해 보자.
선생님이 내어 주신 앞치마를 두르고 커다란 책상

앞에 앉았다. 책상에는 원기둥 모양의 흙덩이가 하나 놓여 있었다. 오, 드디어 흙이다. 선생님은 실 같은 도구로 흙덩이의 반을 솜씨 좋게 잘라 내 앞에 내려놓았다. 그러고는 잘린 흙덩이를 손바닥을 이용해 위에서 아래로 꾸욱 눌렀다. 흙은 금세 작은 보름달처럼 동그스름한 모양이 되었다.

자, 이제 이 흙덩이를 손바닥을 활용해 넓게 펴 주는 작업을 할 건데요. 이게 접시의 바닥이 될 거예요.

나는 고개를 끄덕이며 긴장감에 침을 꼴깍 삼켰다. 잘해야지. 멋지게 만들고 싶다. 아니, 잠깐. 이런 생각은 안 하기로 했잖아. 다 내려놓고 천천히 사유하며 흙과 더불어 힐링의 시간을 보내기로 마음먹었는데 말이다. 습관이란 게 참 무섭다. 선생님의 말씀이 이어졌다.

그리고 요만큼 떼어 낸 반죽을 가늘고 길게 돌돌 굴려서 접시 바닥 지름을 따라 바깥쪽으로 둥글게 붙여 주세요. 그럼 바닥이 오목하게 들어간 그릇 모양이 되겠죠?

선생님은 흙덩이에서 반죽을 조금 떼어 마치 뱀처럼 조물조물 가늘고 길게 만들었다. 나는 열심히 고개를 끄덕이며 하나라도 놓칠세라 집중해 모양과 순서를 외웠다. 먼저 가늘고 길게 만든 반죽을 접시 바닥 테두리를 따라 돌아가며 붙인다. 그 후, 뭉툭하고 동그스름한 테두리 위쪽을 다시 죽 돌아가며 바깥으로 납작하게 눌러 날렵하게 만든다. 오, 이렇게 접시 모양이 나오는구나! 자, 시작하세요 하는 선생님의 구령에 맞추어 열심히 반죽을 주무르기 시작했다. 먼저 보름달 모양 반죽을 꾹꾹 눌러 접시 바닥을 만들고, 그다음에 조금 떼어 낸 반죽을 뱀 모양으로 가늘고 길게 궁굴려서 접시 바닥 테두리에 붙인다. 끝나면, 테두리에 붙은 둥그스름한 윗부분을 손끝으로 날렵하게 눌러 그럴 듯한 접시 테두리가 되도록 만들어 준다. 선물할 접시라고 생각하니 잘 만들어야겠다는 책임감이 마구 솟구쳤다. 그래서일까. 집중하는 것까지는 좋았는데 이 모든 과정을 너무 짧은 시간 안에 후다닥 끝내 버렸다.

엇, 벌써 다 만드셨어요?

잠시 자리를 비웠던 선생님이 깜짝 놀라 다가왔다. 앗, 네에. 괜히 좀 겸연쩍고 민망했다. 조급해하는 마음과 완벽하고자 하는 욕심을 버리려고 왔는데 그 어느 때보다 조급한 마음으로 완벽을 추구하며 순식간에 해치우다니! 나 같은 조급증 인간이 도예를 통해 거듭나려면 아무래도 일 년 정도는 진득하게 흙을 만져야겠다.

손이 엄청 빠르시네요. 도예 하시면 잘하시겠어요.

손이 빠르다니?! 난생처음 듣는 칭찬이었다. 손이 느리고 서툴기로 유명한데 혹시 나 도예에 소질이 있는 건가? 이 길이 내 길이었는데 그걸 모르고 여태껏 살아온 걸까? 내가 잠시 이런 망상에 빠진 사이 선생님은 내가 만든 1차본 작품을 물레로 옮겨 직접 시범을 보여주셨다.

여기부터는 섬세한 터치가 필요해서 제가 좀 도와 드릴게요.

빠르게 돌아가는 물레. 그 위에서 선생님의 손끝이 마치 춤을 추듯 부드럽고 섬세하게 움직였다. 투박하고 엉성해 보이던 내 작품이 마치 꽃이 피어나듯 선이 고운 접시로 다시 태어나고 있었다. 이건 예술을 넘어서는 마술의 경지라고 할까. 작업실에 은은하게 흐르는 선율과 물레의 움직임이 자연스럽게 맞아떨어졌다. 어떤 곳에 얼마만큼의 힘을 어떻게 주는가에 따라 조금씩 모양이 달라지는 작품을 보며 많은 생각이 들었다.

사람도 흙에서 태어나 흙으로 돌아간다고 하지. 그만큼 흙은 자연과 또 사람과 가장 가까운 재료가 아닐까. 그렇다면 사람을 대하는 일도 도예를 하듯 섬세하고 조심스러워야겠다. 세상에서 제일 복잡하고 단단해 보이는 사람이라는 존재도, 사실은 무른 흙과 같아서 살짝만 잘못 힘을 가해도 헝클어질 수 있으니 말이다. 그러고 보면, 가끔은 실낱같은 금이 순식간에 번져 아예 깨져 버리기도 한다. 나도 모르게 이런 상념에 젖은 사이에 아주 그럴 듯해 보이는 멋진 접시 하나가 완성되었다.

접시 바닥에 문양을 남길 수 있는데 어떤 걸로
하시겠어요?

도장을 찍듯 다양한 문양을 바닥에 눌러 새길 수
가 있었다. 그대로 두어도 좋겠지만 기념이니 하나
를 남겨 볼까? 고심 끝에 나뭇잎 모양을 골라 접시
안쪽 귀퉁이에 조심스럽게 찍었다. 어떤 유약을 바
를 것인지 색까지 고르고 나니 드디어 수업이 끝났
다. 예정된 2시간보다 30분 정도는 일찍 끝난 것 같
다. 작품은 초벌과 재벌구이를 거쳐 완성되기까지
약 한 달 정도가 소요된다고 했다.

유약들에 고유한 색이 있지만, 막상 가마에서 나오면
또 그 빛깔이 다를 수 있거든요.
오, 신기하네요.

들어갈 때는 이렇게 나오겠지 하고 기대를 하지
만 가마에서 나온 작품을 보면 또 새롭고 전혀 다를
수 있다는 사실이 신비로웠다. 이것이 도예의 매력
일까. 최선을 다해 만든 다음 가마에 넣고 겸허한 마

음으로 기다린다. 결국 '인내'다. 아무런 모양이 없는 흙에서 어떤 모양이 되고, 색과 빛을 얻은 후 다시 가마 속에서 온전한 하나의 모습이 되기까지 인내하며 기다리는 것. 나 같은 조급증 인간에게 가장 필요한 덕목이다. 앞으로 계속해서 도예를 배운다면, 나는 흙을 만지고 다듬는 기술에 앞서 도예가 인간에게 주는 메시지부터 먼저 배워야 할 것 같다. 물레처럼 빠르게 돌고 도는 삶 속에서 내가 원하는 모양대로 살기 위해서는 어떻게 나를 다듬고 살피며 살아가야 할지를 깨닫기 위해서 말이다.

(4)
나를 다시 배우기
★

어느 날 낯선 내가
나에게 말을 걸었다

★

벌써 몇 년이 지난, 어느 가을날의 일이다. 그날이라고 해서 특별히 몸이 더 피곤하거나 힘들지는 않았다. 시내에 나갔다가 평소처럼 사람들을 만나고 좋은 시간을 보냈다. 저녁에는 흥미로운 전시회도 보았다. 마침 오픈일이라 주최 측에서 마련한 와인을 빈속에 조금 마신 것. 그리고 그 전에 진한 카페라떼 한 잔을 들이켠 것. 그것이 문제라면 문제일까? 하지만 평소의 나라면 그 정도에 이상한 반응을 하지는 않았을 텐데 그날따라 사람들 속에 섞여 있는 일이 힘들었다.

그러다 어느 순간, 심장이 미친 듯 빠르게 뛰기 시작했다. 순식간에 온몸의 힘이 빠져나갔다. 그대로 있으면 금방이라도 쓰러질 것 같아 깊은 호흡을 의식적으로 끊임없이 뱉어 냈다. 행사장에는 아직 사람들이 있었고, 심지어 처음 만나는 사람들이 대다수였다. 지금 내 상황을 사람들이 몰라야 한다. 좋은 분위기를 망치지 않도록 어떻게든 버텨야 한다. 환담이 마무리되는 십여 분의 시간이 끔찍하도록 길었다. 겨우 일정이 끝나고 나는 원고 작업을 핑계로 급히 자리에서 일어났다.

돌아오는 길, 퇴근 시간의 지하철은 말 그대로 지옥이었다. 창문에 붙어 서서 괜찮다는 말을 주문처럼 읊어댔다. 효과가 있었던지 무사히 집에 도착했고, 나는 빈속에 급하게 술을 마신 게 원인이라 생각하며 안도의 한숨을 내쉬었다. 자, 그렇다면 저녁으로 뭘 먹을까. 빨리 뭘 좀 먹어야겠다. 아무래도 빈속이라 그랬겠지. 기운이 없으니 치킨이나 한 마리 시켜야겠다. 근처 치킨집에 주문을 넣어 놓고는 침대에 벌렁 누웠는데-

그때부터 가슴이 바짝 죄어오며 심장이 튀어나올 듯 뛰었다.

도무지 제대로 숨을 쉴 수가 없었다. 아, 이건 심장마비인가. 이런 적이 없었는데. 어찌할 바를 모르고 웅크려 있다가 심호흡을 해 보았다. 그 몇 분이 영겁처럼 길었다. 술 한 잔 잘못 먹었다가 이렇게 가는 걸까. 이게 무슨 일인지 나는 어떻게 되는지 알 수 없어 더 두려웠다. 혼자 사는 일에 대해서 특별히 무섭다거나 외롭다는 생각을 해 본 적이 없는데 그날은 달랐다. 짧은 순간, 머릿속에 고독사니 뭐니 하는 단어들이 빠르게 스쳐갔다. 그 순간에도 심장은 빠르게 뛰었고 따끔거렸고 불이 난 듯 뜨거웠다. 조금 지나면 괜찮을 줄 알았는데, 아니었다. 119... 119를 부르자... 엉금엉금 기어서 핸드폰을 들고 119를 누르려다가 순간 뭔가가 떠올랐다.

하, 치킨...

그 와중에 치킨을 시킨 게 생각났다. 아, 이런. 내

가 구급차를 타고 가 버리면 돈도 못 드리고 진상 고객이 되는데 어떡하지. 일단 돈부터 빨리! 지갑에 있는 지폐를 몽땅 꺼내 신발장 위에 두었다. 얼마나 지났을까. 딩동- 하고 초인종이 울렸다. 몇 번 뵌 적이 있는 사장님이 반갑게 인사하셨다. 나는 돈을 던지다시피 내밀었다. 사장님은 놀란 얼굴이었다. 헛, 너무 많은데요? 아아, 네에. 거스름돈 주세요... 최대한 사장님 얼굴을 보지 않으려 애쓰며 의연하게 치킨을 받아들었다. 문이 닫히자마자 치킨을 방 안으로 내동댕이치듯 들여놓고 다시 침대에 누웠다. 어, 조금 괜찮아졌나?

아니었다.

다시 가슴이 옥죄듯 아파왔다. 아, 왜 이런 걸까. 다시 119를 떠올렸다. 핸드폰을 들고 망설이기도 잠시, 가슴을 쿡쿡 찌르는 통증에 119를 꾹꾹 눌렀다. 하지만 통화 버튼을 눌렀다가 급히 껐다. 하, 잠깐만... 이런 모호한 증상으로 119를 불러도 되나? 내 상황이 긴급은 아닌 것 같은데. 문득 별 것도 아닌 걸로 119를 불러대는 통에 정작 급한 일을 놓치기 일쑤라는 다큐를 보았던 게 떠올랐다. 그냥 좀 누워서 쉬면 될 것 같기도 하고 말이다. 다시 핸드폰을 내려놓았는데 그 순간 부웅- 하고 문자가 왔다.

119에서 긴급 구조를 위해 귀하의 휴대 전화 위치를 조회하였습니다.

헉! 119에 전화를 걸면 그 즉시 위치가 조회된다는 사실은 미처 몰랐다. 아아아! 어떡하지. 아아, 아프다. 아, 모르겠다. 그냥 내가 먼저 걸어 보자. 어차피 이러나저러나 조회된 거. 그리하여 나는 119에 전화를 했고, '상황실입니다' 하는 목소리에 대고 주섬주섬 말을 붙여 나갔다. 아, 제가 지금 집인데요... 가슴이 너무 아프고 숨이 안 쉬어져서...

119 안전센터 차량은 4분 만에 집 앞에 도착했다. 고마워서 눈물이 날 것 같았다. 혼자 내려올 수 있겠냐는 말에 해 보겠다고 하고 좀 더 웅크려 있다가 대충 옷을 주워 입고 터덜터덜 나갔다. 그 와중에도 이

렇게 걸을 수 있으면 119를 타면 안 되지 않을까 민망한 마음이 가득했다. 엘리베이터 문이 열리고 3명의 구조대원이 걱정스러운 눈빛으로 서 있었다.

헉! 너무 많이 오셨어...! 나 때문에...!

타실 수 있겠어요? 아, 네에. 죄송합니다... 죄송하다는 멘트와 함께 구급차에 올라타는 사람은 과연 몇 명이나 될까. 언젠가 이날의 일을 친구에게 말하니 넌 죄송해서 죽을 거라며 그러느니 119를 부르는 게 낫다고 팩트를 알려 주었다. 고맙다, 친구야. 그렇게 119 구급차에 타고 집에서 가장 가까운 A 병원으로 이동했다. 가는 도중 맥박을 재고 심전도를 검사했는데 일단 수치들은 다 안정적이라고 했다. 이상하게도 구급차에 누워 있으니 조금씩 안정이 되었다. 그렇다면? 이거 병원에 가는... 의미가 없...

접수를 하고 대기석에 앉아 기다렸다. 가슴 통증(Chest Pain)으로 온 환자라고 소개되는 것 같았다. 환자가 되는 일은 역시 순식간이로구나. 기다리며 제일 먼저 든 생각은 아무래도 돈. 하, 119까지 불렀는데 얼마나 나오려나. 그리고 당장 내일모레로 예정된 지방 강의가 떠올랐다. 1박까지 해야 하는 일정인데 큰일 났다. 할 수 있을까. 뭐, 일단 기다려 보자. 얼마 지나지 않아 응급실의 빈 침대로 안내되어 누웠다. 누워 있으니 심장이 또 빠르게 뛴다. 뻐근하기도 하다. 대체 왜 그런 걸까. 내 몸에 뭔가 이상이 생긴 걸까. 모로 누워야 숨이 쉬어졌다. 웅크리고 누워 응급실 풍경을 가만히 지켜보았다. 어딘가 깨지고 다쳐서 들어온 사람들. 끊임없는 신음 소리. 보호자들의 고성. 어떤 사람은 뭐에 수가 틀렸는지 간호사를 계속해서 다그치고 있었다. 몸이 아프면 마음이 제일 먼저 무너진다는데 꼭 그 모양들이네. 나 역시 마찬가지다. 그렇게 대기하다가 지시에 따라 엑스레이를 찍고, 몇 가지 검사를 더 했다. 그러고는 다시 긴 기다림이었다.

한두 시간 정도를 그렇게 기다린 것 같다. 그사이 의사 선생님이 와서 물었다. 평소에 가족력이 있으셨어요? 음, 아니오. 비슷한 증상이 이전에도 또 있으셨어요? 아뇨, 한 열흘 전부터 조금씩 가슴이 빠르게 뛰고 그랬지만 이 정도는 아니었거든요. 음, 알겠습니다. 평소에 술 담배 많이 하세요? 아니오, 술은 좀 했었는데 그것도 요새는 거의 안 하거든요. 의사 선생님이 고개를 갸웃했다. 아, 오늘 제가 빈속에 커피랑 와인을 마시긴 했는데 평소에는 이것보다 더 많이 마시기도 해서요. 아, 그래요. 일단 검사 결과를 볼게요.

괜히 주눅이 들었다. 내가 뭔가 잘못 살았나? 그렇게 잘 산 것 같지는 않지만 그래도 119를 탈 정도는 아닌데. 별 것 아닌데 일을 크게 만들었나? 하아, 그냥 집에서 좀 쉬다가 치킨 먹으면 낫는 건데 쓸데없이 오버해서 난리를 쳤나 보다. 그래도 혼자 있기에는 너무 좀 그랬다. 연락해 볼 사람들을 머릿속으로 떠올렸지만 다들 너무 멀리 있었다. 부모님은 시골에 계시고 오빠는 회사일과 유학 준비로 잠도 못 자는데다가 올케 언니는 만삭이었다. 친구들은 친구들대로 각자의 일상을 살아내느라 바쁠 거다. 그래, 괜히 걱정들만 하지. 한숨을 쉬고 돌아누웠다. 잠

을 자려고 했지만 불빛이 환하고 소란스러워 그마
저도 쉽지 않았다. 지루한 시간이 흐르고 검사 결과
가 나왔다.

일단 심전도도 그렇고 특별한 이상 소견은 나오지
않았거든요.
아, 그렇군요.
그래도 외래 진료를 한번 받아 보시는 게 좋을 것 같아요.
내일 바로 받을 수 있나요?
전화하셔서 당일 예약을 잡으시면 가능할 거예요.

그렇게 외래 진료센터를 소개받고 터덜터덜 돌아
왔다. 집에 오니 나를 반기는 건 엉망이 된 방과 식은
치킨 한 마리였다. 시간은 어느새 자정이 넘었다. 우
울하게 치킨 봉지를 뜯고 다리를 하나 집어 들었다.
식어서 그런지 맛이 별로 없었다. 두어 입 먹다가 바
깥에 내어 두고는 방문을 닫았다. 다시 가슴이 아프
거든 먹으라고 준 협심증 약을 머리맡에 던져두고
혹시 모를 식도염에 대비해 받은 위장약을 털어 넣
었다. 침대 옆에 놓인 인공지능 스피커를 물끄러미

바라보다가 헤이! 하고 불러보았다. 불이 반짝 켜지며 '네, 저 여기 있어요!' 했다. 나 있지. '네, 말씀하세요!' 마음이든 몸이든 어딘가가 고장이 났나 봐. '무슨 말인지 잘 모르겠어요.' 바보야, 나 어디가 고장난 거 같다구. '……' 나 왜 이러는 걸까? '그건 잘 모르겠어요.' 반대편으로 돌아누웠다. 어떻게든 되겠지. 대충 침대에 몸을 구기고 잠을 청했지만 밤새 이상한 꿈을 꾸고 현실인지 꿈인지 모를 시간을 보낸 뒤 날이 밝았다.

다음 날이 밝자마자 소개받은 대로 먼저 심장내과 예약을 잡았다. 그러면서도 한편으로는 이제 괜찮은 것 같은데 꼭 가야 할까 하는 의구심도 들었다. 그런데 그냥 그렇게 넘기기에는 '지난 열흘간의 나'에게는 확실히 이전과는 다른 구석들이 있었다. 아무렇지도 않게 잘만 타던 버스, 지하철이 어느 순간 무척 답답하게 느껴졌고 사람들이 붐비면 왠지 모르게 식은땀부터 났다. 십 년 가까이 수백 번 넘게 한 수업과 강의도 문득 생각하면 갑자기 진땀이 흐르고 심장이 뛰었다. 왜 그럴까. 너무 스트레스를 받고 있나 보다. 아니면 번아웃 같은 걸까. 지난여름에 몰아치듯 출장을 다니고 쉴 틈 없이 일을 했는데 너무 무리했나. 아니면 운동한답시고 주제넘게 굴다가 체력이 방전된 걸까. 모든 것일 수도 있고 어느 것도 아닐 수 있었다. 어찌 되었든 한 번쯤 진료를 받아 보아도 좋겠지. 아무 이상이 없다고 나온다면 불안감을 없애는 데도 도움을 줄 거야.

병원에 가기 전, 이틀 뒤로 예정된 강의를 취소했다. 이렇게 급박하게 펑크를 낸 건 처음이었다. 뭐가 어떻게 된 걸까. 내가 왜 이러는 걸까. 살다 보면 있을 수 있는 일이었지만 당장 다가오는 겨울철 생계를 대비하려면 하나하나 잡아두었던 강의 스케줄을 이렇게 펑크 내서는 안 되었다. 답답했지만 어쩔 수 없었다. 이러다가 다음 달에 예정된 강의들도 다 못 하게 되는 게 아닐까. 급격히 우울해졌지만 마음을 다잡았다. 그래! 아직 오지도 않은 미래를 걱정하느니 일단 병원이나 가 보자.

아, 어젯밤에 응급실에 다녀가셨고... 어디 한번 볼까요.

가장 먼저 심장내과였다. 나는 또 주눅이 들었다.
아, 그게 제가 어제 와인을 빈속에 마시고... 와인을
드셨군요. 의사 선생님은 내 한 마디 한 마디를 놓치
지 않으려는 듯 매번 고개를 끄덕이며 신중하게 들
어주셨다. 나는 그게 참 고마웠다. 사소한 증상으로
이런 대형 병원에 와 있는 게 아닐까, 괜히 시간과 돈
만 버리면 어쩌나 걱정되고 두려웠는데 아무것도
아닌 내 말에도 이렇게 마음을 써 끄덕여 주는 사람
이 있다는 게 좋았다. 결론적으로 부정맥 관련 검사
를 한번 해 보자고 하셨다. 나는 고개를 끄덕이며 용
기를 내어 물었다.

저, 선생님. 이게 스트레스 같은, 정신적인 문제일 수도
있나요?
그런 경우도 있죠.
제가 소화기내과 외래도 추천받았는데요...
아, 소화기내과는 아닐 것 같고요.
그럼 저기... 정신의학과도 한번 가 보고 싶은데요.

그것도 좋아요. 사실 저희로서는 먼저 권유드리기가 쉽지 않은데요.

선생님이 나를 똑바로 보더니 부드럽게 물었다.

정신의학과도 가 보고 싶으세요?
네.
음. 최근에 큰 스트레스를 받은 일이 혹시 있으세요?
막 어떤 일이 있었다기보다는... 그냥 뭐, 여러 가지 일들로 한번 가 보고 싶어서요.
그래요. 여기는 큰 병원이라 예약이 쉽지 않을 테니 동네 병원이 빠를 거예요.

선생님은 너무 걱정하지 말라며 괜찮을 거라고 끝까지 따뜻한 목소리로 다독여 주셨다. 몸과 마음이 지친 상태라 그런지 그게 참 고맙고 큰 위로가 되었다. 그렇게 진료를 마치고 터덜터덜 병원을 빠져나왔다. 돈도 술술 빠져 나갔다. 정말 멋있다. 이번 달의 나, 진심으로 멋있다. 집으로 돌아와 이틀간 내가 얻은 것들에 대해 생각해 보았다.

무척 빠르고 정확한 119 시스템 경험.

10분간의 구급차 탑승 경험.

대형 병원 1층과 2층 내부 견학.

응급실 2시간 이용료.

심장내과 전문의 선생님의 따뜻함.

펑크 낸 강의.

지금의 나, 왜 이런지 모르겠음.

앞으로의 나, 어떻게 될지 모르겠음.

생각할수록 앞이 깜깜했지만 괜찮아, 괜찮아 주문을 외며 집으로 돌아왔다. 기분 탓인가 이상하게 버스를 타면 속이 울렁거리고 어지러웠다. 전정기관이 고장 났나. 일찌감치 잠자리에 누웠지만 쉬이 잠에 들지 않았다. 설마, 앞으로도 계속 이렇지는 않겠지? 그치? 응? 아, 정말 왜 그럴까? 왜 그래, 너? 속으로 끊임없이 이런저런 말들을 중얼거리다가 어느 순간 툭, 하고 혼잣말처럼 내뱉었다.

힘드니까.

나도 모르게 답했다. 힘들긴 뭐가 힘들어? 너만 힘든 게 아니잖아? 라는 말이 불쑥 튀어나오려고 했다. 얼른 말을 꿀꺽 삼켰다. 내가 나를 정죄하고 검열하고 혼내는 일도 그만 하자. 오늘은 이런 내가 좀 낯설어도 끝까지 한번 나랑 대화를 해 보자. 다른 사람들의 말은 그동안 그렇게 많이 들어주고 들어왔으면서 정작 나는, 내 속은 어떤 생각을 하고 어떤 상태에 놓여 있는지 전혀 돌보지도, 돌아보지도 않았다는 생각에 가슴 한가운데가 괜히 뜨거워졌다. 다들 그렇게 사는데 왜 너만 유난이야 정말, 이라는 생각이 또 머릿속을 맴돌았지만 얼른 치워 버렸다. 아, 나랑 대화하는 것도 진짜 힘드네. 그러다가도 혼자 이렇게 북 치고 장구 치고 있는 내가 문득 웃겨서 푸하하 웃기도 했다. 진짜 이상하다, 너. 정말 왜 이래?

이런 내가 낯설겠지만-
이것도 나야.

그래, 이것도 나다. 어제의 나도 나고, 오늘의 나도 나다. 이런 나를 인정하지 못하고 그저 낯설다고

189

이상하게 여기며 자꾸 숨기고 없애 버리려고만 하면 어떡하나. 진짜 아파서 고통받고 있는 나를 외면하는 게 아닐까. 이것도 나인데, 내가 바라는 이상적인 모습이 아니라고 해서 잘못되었다고 혼내기만 하면 아프고 고통받는 나는 어디에 가서 위로를 받고 회복할까. 그러면서도 마음 한구석에서는 '자자, 얼른 회복해서 다시 일도 열심히 하고 쾌활하게 생활하는 본래의 모습으로 돌아가자'라는 다짐이 거듭되고 있었다. 나 참, 내가 왜 이렇게 조급해졌지? 원래부터 그랬던가? 아빠를 닮아 무슨 일을 하나 시작하려면 뭐든지 완벽히 준비해야 하고 잘 안 될까 봐 조바심을 내는 성향이 있기는 했다. 그게 전국을 떠도는 강사 일을 하면서 좀 더 심해진 것 같다. 강사가 하는 일이 대체로 그렇지만, 주최 측에서 한 번 불렀을 때 제대로 역량을 보여주지 못하면 그때의 평가가 낙인처럼 남아 그다음이 보장되지 못하는 경우가 많았기 때문이다. 그래서 주어진 시간에 완벽하게 최상의 기량을 보여 주어야 한다는 강박이 점점 더 강해졌던 것 같다.

그래서 너 쫓겼구나.

그리고 일이 있다가 없다가 하니까

그것도 스트레스였고.

일이 없을 때는 쉬면서 회복하면 되는데 왜 그래.

그게 잘 안 돼. 다음이 없을까 봐 두려워.

누구나 살면서 보장되지 않은 미래에 불안감을 느끼지만, 나는 근래 들어 특히 더 그랬다. 일은 들쭉날쭉하고 내가 원하는 삶으로 잘 나아가고 있는지 확신은 없고 그러는 가운데 시간은 흐르고 아직도 살날은 까마득하게 남아 생각할수록 막막하고 아득했다. 내게 남은 날들을 대체 무엇으로 보내며 살아갈 수 있을지 도무지 알 수가 없었다. 그렇다고 딱 3년만 살 것처럼 살 수는 없었다. 이것이 바로 '삶'이 지닌 아주 이상한 면모 같았다. 당장 내일 죽을지도 모르지만 그렇다고 내일 죽을 것처럼만 살기에는 또 아득하게 남은 날들. 어디에다 중심을 두고 살아야 할까.

그래서 고장이 났구만.

쉬면, 고쳐지겠지?

폭주하는 기관차처럼 어디가 고장 난 줄도 모르고 무작정 앞으로 내달리고만 있는 내게, 그 순간 내가 말을 건 것 같다. 어느 날 낯선 내가 그렇게 나를 불렀다. 좀 쉬어가자고, 잠시 쉬면서 걱정을 내려놓으라고. 그러니까 너무 조급해하거나 안달하지 말라고. 내가 내 목소리를 못 들으니까 마음이 몸을 시켜 말을 했나 보다. 너는 지금 잘 살고 있다고 생각하겠지만, 사실은 전혀 그렇지 않다고 말이다. 더 고장이 나기 전에 잠깐 멈추어 서서 호흡을 고르고 어느새 옅어진 마음의 소리부터 잘 들으라는 신호였다. 나는 그렇게 어느 날 내게 말을 건 낯선 나를 마주하고 나서야 맹렬히 달리던 삶의 속도를 천천히 늦추었다.

그날 밤 나는 아주 오랜만에 나를 호명하며 낯선 나를 만났고, 조금 울었고 많이 미안해했다.

절대 죽지 않는다는 말

★

그날로부터 얼마 지나지 않은 어느 늦가을의 오후.
나는 모 정신의학과 문 앞에 서 있었다. 예약을 잡기
까지 몇 번을 망설였다. 그놈의 '전화 공포증' 때문이
었다. 몇 번의 심호흡 끝에 전화를 걸었다.

아, 저... 상담 예약을 좀 잡고 싶은데요.

네. 혹시 어디가 불편하신가요?

제가 요즘 일 때문에 스트레스를 좀 많이 받았는데요.

네.

그래서인지 요새 약간 가슴이 답답하고 과호흡 증상이
온 것 같은 그런 느낌이 있어서요.

그러시군요. 그럼 내일 정오에 오시겠어요?

넵, 알겠습니다!

어디가 불편한지 잘 모르겠지만 일단 생각나는 대로 이야기했다. 심장내과 결과가 아무 이상 없이 나오면 뭐, 심리적인 문제겠지 싶었다. 그런데 병원 예약을 잡은 날에 하필이면 비가 왔다. 우산에 가방에 또 처음 가는 곳이라 길도 잘 모르겠고 핸드폰에 빗방울을 튀기며 몇 번을 헤맨 끝에야 간신히 병원을 찾아냈다. 드디어는 여기까지 왔구나. 그래, 뭐! 좋은 경험이다! 가 보자! 용기를 내려고 계속 중얼거리며 병원 문을 슬쩍 밀고 들어가니 오호! 매우 따뜻하고 안정감 있는 분위기였다. 버스를 타고 오는 동안 속이 울렁거리고 힘들어서 좀 지쳤는데 들어서자마자 힐링이 되는 느낌이었다. 조용한 피아노 연주곡이 흘렀고 접수를 받는 간호사 한 분 외에는 아무도 없었다.

접수를 한 뒤 주춤주춤 대기실 의자에 가서 앉았다. 시종 이런 분위기에서 고즈넉하게 두런두런 이야기를 하는 건가? 뭔가 이야기가 술술 나올 것 같기도 하고, 반대로 한마디도 안 나올 것 같기도 했다. 그때 간호사 선생님이 초진에서는 간단한 검사를 진행한다며 몇 가지 검사 양식을 내밀었다. 직업병이 발동해 '검사란 자고로 최대한 솔직하게, 반응 편향이 나타나지 않도록 하는 게 중요해.' 등지의 별로 쓸데없는 말을 중얼대며 심사숙고 끝에 완성했다. 제출 후 약 십 분 정도 지나니 진료실로 들어오라는 호출이 있었다. 약간 긴장이 되어 심호흡을 하고 문을 두드렸다.

  네, 안녕하세요! 앉으세요.

  음? 진료실 분위기가 생각 외로 뭔가 좀 시끌시끌했다. 의사 선생님 뒤편으로 창문이 열려 있었는데 그래서일까. 후두둑 떨어지는 빗소리와 차들이 지나다니는 소리가 엉키며 귓가에 들려 왔다. 비 오는 날 특유의 웅성이는 대기도 진료실 안으로 이따금 밀려들어 오는데다가 선생님의 어투가 꽤 유쾌하시기까지 하다? 뭔가 색다른 기분이었다.

네, 어제 예약을 하셨고...

아, 네! 제가 그, 스트레스... 아니, 그 뭔가 심장이
빨리 뛰고 그래서...

음, 네. 검사하신 것을 봤는데요. 일단 좀 말씀을
나눠 볼게요.

앗! 넵!

의사 선생님은 내가 상상한 이미지와는 조금 달
랐다. 그동안 나는 의사들에 대해 어떤 이미지를 가
지고 있었던 걸까. 뭔가 정신의학과 전문의라고 하
면 나이 좀 지긋하시고 목소리는 점잖게 깔리고 조
용조용 말씀하시고 그럴 줄 알았다. 대단한 편견이
다. 내 예상과는 다르게 선생님은 굉장히 젊고 분명
하고 힘 있는 목소리에 무언가 활달한 느낌을 주는
분이었다. 어투나 분위기가 약간 유쾌하면서도 진
중한 배우 같은 느낌이랄까. 뭔가 입이 안 떨어지면
어떡하나 걱정했는데 웬걸. 선생님을 보니까 말이
술술 나왔다. 아무렇게나 내뱉는 내 말들을 줄곧 따
라가며 집중해 주시는 모습에 큰 위안이 되었다.

처음엔 운동을 하다가 가슴이 뛰고 좀 어지럽고 그래서
무리했나 하고 쉬었거든요.

음, 네.

근데 그런 증상이 요 근래 좀 일상으로 번지는 느낌이
있었어요.

그랬군요.

그래서 어제 심장내과에 다녀왔어요.

아, 뭐라고 하던가요?

아직 결과는 안 나왔는데, 부정맥일 가능성이 있다고
심전도 검사를 해 보기로 했어요.

　선생님은 고개를 끄덕이더니 내 증상들과 근래의
일상들에 대해 자세히 물었다. 나타난 증상들이 공
황 상태의 환자들이 보이는 것과 흡사한 면이 있다
고 했다. 그런 숨 막히는 느낌이 들면 기분이 어떤가
요? 기분요? 네. 어떤 생각이 들어요? 막... 아, 이러
다 죽는 건 아닐까 좀 걱정되고 그랬어요. 막 두렵기
도 하고 그랬나요? 그렇죠. 아무래도 이런 적이 처
음이니까요. 선생님이 고개를 끄덕였다.

스트레스가 컸나 봐요. 다행히 우울감이나 그런 건
가벼운 정도이고 증상도 심하지 않아요.

네에.

그리고 말씀하신 증상들은 충분히 호전될 수가 있어요.

아, 다행이네요.

말씀에 따르면, 공황이나 과호흡과 같은 증상들
이 일상에서 나타나는 것은 뇌에서 위험을 감지하
는 신호 체계가 고장 났기 때문이라고 했다. 쉽게 말
해, 어떤 상황이 전혀 위협적이지 않은데도 큰 위험
으로 인식한 신체가 오류 반응을 보이는 것이었다.

어느 때 주로 그런 증상들이 나타났나요?

최근에는 강의가 들어와서 수락하고 났을 때 그랬고요.
강의를 준비하면서도 조금.

또요?

음, 잠들기 전에 내년은 또 어떻게 살아갈까
이런 생각을 해도 좀 그렇고... 답답하죠.

또 가을 무렵이 되면 마음이 안 좋아요. 먼저 떠

나보낸 사람들의 빈자리들이 더욱 커지는 계절이라 마음이 저도 모르게 푹푹 꺼지나 봐요, 라는 말까지는 못했다. 고개를 끄덕이며 차트에 무언가를 적던 선생님이 갑자기 고개를 들더니 나를 보며 힘주어 말씀하셨다.

자, 지금부터 제 말을 꼭 기억하세요.

네? 아, 네!

그런 증상이 아무리 나타나도!

넵!

절! 대! 안 죽습니다!

아하.

절대 안 죽어요. 죽지 않습니다. 아시겠지요?

넵...!!

선생님은 내가 진료실을 나갈 때까지 이 말을 다섯 번 정도는 반복하셨다. 절대 안 죽는다. 죽을 것 같이 괴롭게 느껴지지만 죽지 않는다. 괜찮을 거고, 지나갈 거다. 절대 움츠러들거나 쭈그러들지 말고 일상을 계속해서 살아나가라. 그게 도움이 될 거다.

처음에는 계속 같은 말씀을 반복하는 게 재밌기도 해서 속으로 푸흐흐 웃었는데 이상하게도 그 말씀을 여러 차례 들으면서 점점 마음이 안정되고 안심이 되는 걸 느꼈다.

단! 몸과 마음을 피곤하게 만드는 상황을 되도록 피하세요.
아... 예를 들면, 어떤...?
술, 담배, 카페인. 특히 커피! 그리고 제때 자고 제때 일어나고 제때 먹을 것.
ㅏ... ㄴㅔ... 알겠습니다...

결국 규칙적인 생활을 하고 규칙적으로 잘 먹고 잘 자라는 것. 심장 박동을 촉진할 수 있는 요소들은 당분간 안녕이다. 대충 되는 대로 살면서 끼니도 챙기다 안 챙기다 하다가 마음이 힘들어졌는데, 전혀 모른 채 아무렇게나 사니 결국 몸이 먼저 신호를 보낸 듯하다. 선생님은 숙면에 도움이 되는 여러 방법들을 알려 주시고, 갑자기 다시 몸이 힘든 순간이 왔을 때 먹을 수 있는 약을 처방해 주셨다. 하지만 약이 필요 없도록 건강한 생활 리듬을 다시 찾는 것이 제일 좋다고 하셨다. 뭔가 투지가 타오르는 기분이었다. 그래! 약이 필요 없게끔 건강하게 살아 보겠다! 나중에 간호사 선생님이 나긋한 목소리로 '약을 가방에 하나 넣어 두고 있다는 사실만으로도 안정이 될 거예요'라고 하셨다. 뭔가 호신 부적 같은 느낌이었다. 결국은 마음의 문제인 거지. 음.

그날 선생님이 정신의학과 진료에 대해 혹여 가지고 있을 수 있는 여러 우려와 걱정들에 대해 먼저 자세히 말씀해 주셔서 좋았다. 사실 나는 그런 부분들에 대한 거부감이나 걱정은 크게 없었지만, 이런 시간들을 통해 새삼 '관계'에 대해 다시 생각해 보는 계기가 되었다. 특히 필연적으로 정보가 불균형한 상태에 있을 수밖에 없는 관계에서는 보다 세심한 배려가 필요하다. 배경지식도 부족하고 두렵고 심리적으로 위축되어 있을 가능성이 높은 상대에게 다른 상대가 어떠한 눈높이로, 어떻게 다가가는가 하는 것이 중요한 문제일 테다. 돌이켜 보면, 선생님의 말씀 중에 내가 진심으로 하나도 몰랐던 정보는 의외로 적었다. 그러나 이렇게 이미 알고 있었던 사실이라도 전문가가 객관적으로 짚어 주고 헤아려 준다는 사실만으로도 위안을 받았다.

그렇다면, 내가 하고 있는 일도 마찬가지겠다. 아무래도 진학과 대학입시 정보를 주로 다루다 보니 내 입장에서는 너무나 당연한 말이고 뻔한 정보 같아서 이게 과연 도움은 되는 건지 스스로도 회의가 들 때가 많았다. 대체 이런 이야기를 왜 돈과 시간을 들여 여기까지 와서 듣고 있을까. 어느 순간에는 솔직히 그런 생각도 했다. 생각해 보면, 그건 내 자신에 대한 비하였고, 무력해지는 길이었고, 그 결과 점점 스트레스가 쌓였던 게 아닐까? 내가 하는 일이 별 의미가 없고 무용하다는 스스로의 인식에 더해 피로와 스트레스가 점차 쌓이면서 여기에서부터 고장이 나기 시작한 듯하다. 문득 가장 큰 비판자이자 독설가는 바로 나 자신이었다는 생각이 들었다.

언제부터인가 나는 나를 별로 사랑해 주지 않은 것 같다. 칭찬도, 격려도 없었다.

그러면서 내가 만나온 무수히 많은 사람들에게는 언제나 아낌없이 칭찬하고 격려했다. 언젠가 나와 상담을 마친 한 아이가 이런 말을 했었다.

샘이랑 이야기한 것만으로도 기분이 좋아졌어요.
그래? 해답은 이미 네 안에 있던 건데도?
알고 있는지조차 잘 몰랐는데 그냥 선생님이랑
얘기하면서 점점 깨닫게 된 것 같아요.

나는 아이와 어깨동무를 하고 활짝 웃으며 같이 사진을 찍었다. 그 아이는 지금쯤 어떤 어른이 되어 있을까. 나는 괜찮지 않으면서 괜찮은 척하는 어른이 되어 여기까지 왔고, 똑같은 말을 의사 선생님께 하고 있었다.

선생님 말씀을 들으니 한결 안심이 되네요.
일단 걱정 말고 푹 쉬시면서 끼니도 잘 챙겨 보세요.
네.

거리로 나서니 비가 그쳐 있다. 일부러 힘차게 걸

음을 내디뎠다. 내 안의 또 다른 내가 잔뜩 풀이 죽은 채 터덜터덜 따라왔다. 야, 세상이 끝났냐? 망했냐? 뭐, 이런 기회에 잠깐 쉬면서 다시 미래도 설계해 보고 그러는 거지. 버스 의자에 앉아 슥슥 지나쳐 가는 풍경을 구경하며 돌아왔다. 신기하게도 돌아오는 버스 안에서는 그렇게 힘들지 않았다.

병원 다녀오는 길에 친구 소라를 만나 점심으로 근사한 해물찜을 먹었다. 많이 먹고 얼른 나아. 그렇게. 푹푹 밥을 먹으며 오랜만에 마음 놓고 웃었다. 사는 게 별 거 아니야. 그러니까 너도 좀 내려놓고 살아. 소라의 말에 나는 잠자코 고개를 끄덕였다. 아직 무엇을 어떻게 내려놓아야 할지 그게 어떻게 가능할지 전혀 감을 못 잡았지만 일단 한번 그래 보기로 다짐했다. 그래, 그게 무엇이든 좀 내려놓고 가벼워지자. 그러면 당장은 아니더라도 천천히 기운을 차릴 수 있겠지. 적어도 스트레스 때문에 가슴이 뛰고 불면에 시달릴 정도로 살지는 말자.

절대 죽지 않는다. 한번 살아 보자.

건강하게 오래오래. 다 같이.

삶이 극기 훈련도 아닌데
극복은 뭔 극복이야

★

그 후로도 상담은 6개월간 계속됐다. 3개월 즈음 지
났을 때 선생님은 내가 굉장히 빠르게 안정을 찾고
회복하는 사람이라고 말씀하셨다. 그래도 반년 정
도는 여유를 갖고 천천히 지켜보며 조금 더 상담받
는 것을 추천하셨다. 나도 동의했다. 상담을 받으며
최대한 무리하지 않으려 했고 불규칙했던 생활 습
관부터 바로잡았다. 술과 커피는 절대 하지 않았고
삼시 세끼를 제때 챙겨 먹으려 노력했다. 내가 나를
이렇게 돌본 적이 있을까 싶을 정도로 매사에 나와
내 생활을 우선에 두었다. 그러자 신기하게도 몸과
마음이 빠르게 회복되기 시작했다. 그러면서 내가

어떤 사람인지를 좀 더 객관적으로 바라보는 계기도 마련할 수 있었다.

한날은 상담에서 내가 유독 '극복'이라는 단어를 많이 쓴다는 사실을 알아차렸다. 무슨 얘기 끝에 선생님이 '그런 울적하고 힘든 마음이 들 때 뭘 하면 기분이 좀 좋아지던가요?'라는 요지의 질문을 던졌는데 내가 영 딴소리를 했다.

아, 예에. 음, 그런 때는 말이죠. 그냥...
네, 극복해야죠. 그런 때는 제가 좀 더 마음을 잘
다독이고 추슬러서 잘 이겨내면 될 것 같아요.
예에. 우선 극복하고...

그 순간 선생님의 머리 위로 떠오른 백만 개의 물음표를 보았다. 어흑. 이게 뭔 바보 같은 소리야. 면접 준비 워크숍에서는 아이들한테 '우선 묻는 말에 대답하는 게 제1원칙입니다!'라고 호기롭게 말해 놓고 정작 나는 대체 무슨 말을 하고 있는 건가! 선생님이 다시 입을 열었다. 아니, 그러니까 극복 말고, 극복하지 말고요. 너무 애쓰지 말고 그냥 편안하게 얘기해 보세요. 뭘 하면 기분이 좀 나아지는지. 선생님의 말씀에 한방 맞은 것처럼 정신이 번쩍 들었다.

극복 말고. 그러니까, 극복하지 말고.

극복하지 않아도 된다. 그래, 극복은 뭔 극복이야. 삶이 극기 훈련도 아닌데, 내가 이 세상에 극복하러 온 것도 아니고. 극복 말고 다른 거 해도 된다. 안 해도 되고. 그래, 삶은 극기 훈련이 아니다. 너무 억지로 애를 쓰며 나를 소진하지 말자.

그제야 더듬더듬 내가 뭘 할 때 가장 즐겁고 행복한지, 무엇을 하면 울적하고 힘든 마음이 살살 달래지고 사라져 가는지를 생각해 보기 시작했다. 다른 사람들한테는 그런 것을 잘만 물어보고, 응원하고 격려도 하면서 정작 스스로에게는 묻지도 않고, 생각해 볼 여유조차 주지 않았구나 싶어 굉장히 미안해졌다. 나 자신을 가장 많이 채찍질하며 믿고 야박하게 구는 존재가 바로 나였다는 것을 상담을 하며 깨달았다.

어, 저는요. 혼자서 조용한 연주곡을 들으면서 산책을
하거나 이런저런 생각을 할 때 가장 편안하게 쉬는
느낌이 들어요. 완전히 혼자일 때, 아무도 없고
저 혼자 있을 때요.
근데 태주 씨가 사람을 참 많이 만나는 일을 하잖아요.
힘든 순간이 많았겠어요.

선생님의 말씀에 뭔가 울컥 올라오는 마음들이
있었다. 그랬다. 분명 나는 내가 하는 일을 좋아하는
데, 이따금 이리저리 일에 치이다가 혼자 있는 시간
이 줄어들면 그게 그렇게 힘들고 괴로웠다. 그래서
어느 날은 오늘 하루 중 내가 혼자였던 시간이 얼마
나 되나 헤아려 본 적도 있다. 사람이 참 이상도 하
지. 사람 만나는 일을 좋아하면서 또 괴로워한다. 혼
자이고 싶은데 혼자이면 또 힘들어한다. 나 좀 이상
한 거 아닌가. 잘못된 거 아닌가. 대체 어쩌자는 건지
모르겠다. 이런 나를 데리고 평생 살 수 있으려나. 나
는 앞으로 어떻게 살아가야 할까.

결국은 밸런스가 중요한 겁니다. 균형을 잡는 거죠.

선생님이 부드러운 목소리로 말씀하셨다. 태주 씨가 잘못된 게 아니라 사람은 누구나 그렇습니다. 누구나 조금씩 그렇게 모순적인 모습을 보이죠. 나는 조용히 고개를 끄덕였다. 그렇다. 모순 덩어리. 그게 사람이고 삶이다. 완전한 이쪽도, 완전한 저쪽도 없다. 기우뚱기우뚱하며 위태롭게 중심을 잡고 걸어가는 길이 삶이고, 사람의 일이다. 사람이 좋아서 교육을 업으로 택하고 살아온 나를 부정하지도 말고, 혼자인 시간이 좋아서 글을 쓰며 살고 싶어 하는 나를 부정적으로 바라보지도 말자. 그 모두가 '나'이므로, 나는 이렇듯 알 수 없는 모습들을 가진 모순의 총체이므로 이런 나를 있는 그대로 받아들이고 인정하자. 그날 상담을 받고 돌아오며 창밖으로 흐르는 풍경을 바라보는데 언뜻언뜻 창에 비치는 내가 참 낯설고도 친숙했다. 난생 처음 본 사람처럼 어색하기도 하고, 영원히 보고 있는 사람처럼 너무나도 익숙해 애틋하기도 했다.

너한테 잘해 주려면 내가 무엇을 하면 좋을까?

처음으로 내가 나에게 그런 것을 물어보았다. 그 순간만큼은 무엇이든 해 주고 싶었고, 해 줄 수 있을 것만 같았다. 그때 선생님의 말씀이 떠올랐다.

너무 애쓰지 말고 그러니까, 극복 말고.

그래, 그냥 이대로 좀 더 가 보자. 내가 나랑 같이 손잡고 나란히 걸어 보자. 아직은 내 마음을 잘 모르겠지만. 사실 사람의 마음을 헤아리는 일이 가장 어렵다. 그게 타인이든 나든 마음이란 건 원래 그런 것 같다. 잘 읽히지도 않고 시시각각 변하여 종잡을 수 없을 때가 많다. 그래서 가끔은 나도 누가 나 대신 내 마음을 좀 알려 주었으면 좋겠다는 생각을 한다. 그런 마음이 쌓이고 쌓이다가 끝내 해일처럼 몰려 왔을 때가 있었다. 그 해일을 흠뻑 뒤집어 쓴 채 어리둥절해 있을 때, 운 좋게 병원에 가고 상담을 받을 수 있었다.

그날 집으로 돌아오는 길에 제일 좋아하는 젤리를 하나 사 먹었다. 금세 기분이 하늘 끝까지 치솟았다. 결국 당분인 건가. 엄마한테 전화를 하니 다섯 살때랑 똑같다고 하셨다. 다섯 살로부터 삼십 년을 더 살았는데 전혀 발전하지 않았다니! 처음에는 약간 충격이었는데 생각해 보니 다섯 살의 내가 자라 지금 내가 된 것이니 나의 어딘가에 어린 날의 내가 여전히 머무는 것이 당연한 거 아닌가. 그러자 이런 내가 좀 애틋하고 귀엽게도 느껴졌다. 예전 같으면 내가 써 놓고 우웩, 뭐래! 하며 지우겠지만 나를 마음껏 귀여워하는 일이 뭐 어떤가. 내가 나를 귀엽고 애틋하게 여기겠다는데!

그런 의미에서 내일 젤리 하나를 더 사 먹어야겠다. 그러니까, 극복 말고 젤리다. 젤리를 먹으며 어린 날의 내가 어떤 사람이었는지를 기억하고, 앞으로의 내가 어떤 사람이고 싶은지를 다시 배우며 깨달아야겠다. 아니, 깨닫지 못해도 좋다. 그저 나를 배우는 시간을 갖는 것만으로도 충분히 행복할 것이다.

극복 말고 행복이다.

마음도 산란한데 그림을 그려 볼까

★

이 세상에 존재하는 직업이 얼마나 많은지 알 도리가 없었던 어린 날에 내가 꿈꿀 수 있었던 가장 근사하고 멋진 미래는 그림을 그리거나 글을 쓰는 일이었다. 지금도 취미처럼 가끔 그림을 그린다. 그렇다고 캔버스와 이젤을 갖추고 본격적으로 취미 생활을 하는 것은 물론 아니다. 몇 줄의 글을 끼적이다가 문득 생각나는 풍경들을 조금씩 그려 보는 수준이다. 그러다 몇 번인가 초보자용 캔버스와 물감, 붓을 사서 혼자 이런저런 그림을 그려 본 적이 있다. 어느 날은 지점토를 사서 알 수 없는 동물들을 빚어낸 적도 있다. 마음이 산란하고 복잡할 때, 삶이 어지럽고 공허할 때 나는 그 일을 하는 것만으로도 순수한 기쁨을 느낄 수 있는 일들을 찾아 그 안에서 마음을 쉬었다. 그림을 그리는 일도 그 중 하나였다. 내 앞의 풍경에 집중하며 스케치를 하고 하나하나 색을 입히는 일. 눈앞의 풍경과 같고도 다른 또 하나의 세계를 만들어 내는 일. 서툴게 스케치를 한 후 어설프게나마 붓질을 하고 있노라면 시간이 멈춘 듯 마음이 고요해졌다.

상담을 받기 시작하고 얼마 지나지 않은 새해의 어느 날 나는 문득 그림을 그려야겠다고 생각했다. 상담 과정에서 내 마음이 나도 모르는 새 무척이나 산란하고 복잡해진 상태임을 깨달았기 때문이다. 여러 일들을 겪으며 마음속에 자리한 수많은 생각과 감정들을 제대로 돌보지 못한 채 너무 오랜 시간을 걸어온 것 같다. 그림을 그리면 좀 나아질까. 그런데 학원에 다니거나 본격적으로 배우기에는 부담이 돼 나들이를 가듯 다녀올 수 있는 화실을 찾아보기로 했다. 그러면서 자연스레 떠오른 기억이 있다.

아홉 살 무렵인가. 그림을 배우고 싶어 하는 나를 위해 엄마는 마침 동네에 새로 생긴 작은 화실에 보내 주셨다. 이름도 또렷이 기억난다. '공간 화실'. 선생님이 혼자 작품 활동도 하고 나처럼 그림을 좋아하는 아이들을 모아 미술을 가르치기도 하는 밝고 환한 곳이었다. 일 년 남짓 다녔을까. 나는 그곳에서 팔뚝에 토시를 끼고 제법 화가가 된 듯 이런저런 그림을 그리며 즐거운 시간을 보냈다. 가끔 끼니때가 되면 선생님은 고소한 밥을 직접 지어 밥상도 차려 주셨다. 우리들은 그때 그림 그리는 법을 배웠다기보다는 그리는 일을 좋아하고 사랑하는 법을 배웠던 것 같다.

그때 생각을 하니 용기가 솟았다. 마침 집에서 그리 멀지 않은 곳에 있는 화실 하나를 찾을 수 있었다. 아크릴화를 두 시간 동안 그려 볼 수 있는 프로그램에 당장 등록했다. 외가댁 근처라 익숙한 곳이기도 해서 엄마와 데이트를 할 겸 함께 길을 나섰다. 내가 오전에 그림을 그리는 동안 엄마는 외가댁에 들르셨다가 점심 무렵 다시 만나기로 했다. 화실은 높

220

은 언덕에 있었다. 왠지 좀 긴장이 되어 호흡을 가다
듬고 문을 두드렸다. 선생님이 활짝 웃으며 나를 반
겼다. 화실은 천장이 높고 볕이 잘 드는 환한 곳이었
다. 가슴이 탁 트였다. 긴 복도를 따라 안으로 들어가
는 사이 비스듬하게 벽에 기대어 있는 다양한 화풍
의 그림들을 볼 수 있었다. 물감과 물통, 이젤, 붓과
빈 캔버스들도 곳곳에 놓여 있었다. 바닥에 어지러
이 툭툭 물감도 묻어 있는데 그 자체가 감각적인 인
테리어로 보였다.

　안녕하세요! 오늘 아크릴화 신청하셨죠? 아직 두 분이
　더 오셔야 해서 잠시 여기에서 기다려 주세요.
　앗, 넵!

　화실 안쪽으로 좀 더 들어가니 커다란 책상이 한
가운데 놓여 있었다. 마치 작품처럼, 물감이 군데군
데 묻어 있는 낡은 나무 책상이다. 언젠가는 거실에
꼭 놓고야 말겠다고 다짐해 왔던 상상 속 책상과 닮
아 있었다. 먼저 와 있던 앳된 여학생 두 명이 살짝
눈인사를 했다. 둘은 친구처럼 보였다. 얼결에 마주

목례를 하고 빈자리 중 하나에 앉았다. 자리마다 물통과 붓, 물감, 팔레트 그리고 하얀 캔버스가 미리 세팅되어 있었다. 약속된 시간이 가까워 오자 한눈에도 모녀 사이로 보이는 두 사람이 나타났다. 이로써 오늘의 동지들이 모두 모였다. 미술용 앞치마를 두르고 나타난 선생님을 우리 다섯은 상기된 얼굴로 바라보았다.

아크릴화는 모두 처음이신가요?

선생님의 질문에 다들 고개를 끄덕였다. 아크릴화는 물론이고 그림 자체가 너무 오랜만이었다. 제대로 붓을 쥘 수나 있을까. 선생님은 밝게 웃으며 말을 이었다.

그림을 그린다고 하면 모두 잘 그릴 수 있을까,
내가 할 수 있을까 겁부터 내시는 분들이 많아요.

아닌 게 아니라 하얀 캔버스를 가만히 바라보고 있노라니 덜컥 겁이 났다. 망치면 어떡하지? 게다가

두 시간이라니 너무 짧은 것 같은데, 오늘 완성할 수 있을까?

그런데 정말로 다 잘 하실 수 있어요. 그림을 그린다가 아니라, 내 안에 있는 걸 표현해 본다고 생각하시면 좋을 것 같아요. 내가 원하는 풍경, 내가 보고 싶은 이미지를 표현해 본다 이렇게요.

표현. 좋은 말이다. 바깥으로 꺼내어 보인다는 뜻이지. 내 안에 있는 생각, 내가 원하는 무엇, 내가 보고 싶은 바로 그것을 밖으로 꺼내 드러내 보인다. 그런데 지금 내 마음속에는 뭐가 있지? 나는 뭘 원하지? 알쏭달쏭하다. 선생님은 아크릴화가 무엇인지, 물감과 붓은 어떻게 쓰면 되는지를 잠시 설명했다. 완성된 아크릴화 몇 편을 보니 확실히 수채화와는 다르게 선명하고 묵직한 느낌이 든다. 주변 그림들에 정신이 팔린 사이 첫 번째 미션이 떨어졌다.

자, 그럼 이제 그림을 그려 볼 건예요. 먼저 원하시는 이미지를 한번 찾아보세요. 그림도 괜찮고 풍경도

좋습니다. 내가 표현하고 싶은 이미지와 색감을 곰곰이
떠올려 보세요.

내가 원하는 이미지. 내가 표현하고 싶은 색감. 그
게 뭘까. 그런 게 있었나. 너무 아무 생각 없이 무작
정 왔나 보다. 빈 캔버스를 보며 아무리 떠올려 봐도
그저 멍하기만 했다. 슬쩍 옆을 보니 벌써 다들 분주
하게 손을 움직이고 있다. 맞은편에 앉은 모녀 중 어
머니는 이미 생각하고 오신 게 있는지 자신 있게 붓
을 들어 물감을 찍었다. 다시 내 캔버스로 눈을 돌렸
다. 막막한 마음뿐이다. 핸드폰을 들어 괜히 사진첩
을 뒤적여 보는데 딱히 마음에 드는 사진이 없다. 하,
그동안 뭐 했지. 별로 바쁘게 산 것 같지도 않은데 마
음에 드는 풍경 하나 없고. 나도 모르게 한숨을 쉬며
고개를 푹 숙이는데 그런 내가 눈에 들어왔는지 선
생님이 곁으로 다가와 친근한 목소리로 말을 걸었
다.

평소에 좋아하는 색이나 느낌 혹시 있으세요
앗, 저는... 진한 파란색, 프러시안 블루 좋아합니다.

색에 대해서는 잘 모르지만 내가 좋아하는 색의 이름이 '프러시안 블루'라는 것은 어디선가 들어 알고 있었다. 선생님은 고개를 끄덕였다.

그럼, 그런 느낌의 이미지를 한번 찾아보세요.
아마 많이 있을 거예요.
넵!

짙고 푸른 새벽. 깊은 바다. 먹먹한 밤하늘. 고요한 우주. 내가 좋아하고 사랑하는 풍경들을 중얼거리며 이런저런 이미지들을 검색하는데 눈에 들어온 풍경 하나가 있었다. 오로라가 피어난 밤하늘이었다. 어디인지 모르겠지만 먹먹하도록 깊은 밤하늘에 청록빛 오로라가 찬란하게 빛나고 있었다. 밤하늘은 가장자리부터 보랏빛으로 빛나고 있었는데, 그 사진을 보자 마음이 조금씩 일렁이기 시작했다. 이런 빛을 한번 그려 보자. 가 본 적도 없고 어디인지조차 모르지만 이 세상 어딘가에는 존재하는 풍경을 표현해 보자. 내 마음속이 지금 이런 풍경일까. 왜 내 마음은 이 사진에 이토록 강하게 흔들렸을까.

천천히 붓을 들었다. 그러고서도 한참을 망설였다. 내 옆의 친구는 노을이 가득 비친 파도를 그리는지 벌써 캔버스가 붉고 노란빛으로 환하게 채워져 가고 있었다. 맞은편 어머니 캔버스에도 화려한 꽃송이 몇 개가 벌어졌다. 나만 아직 텅 빈, 이토록 환한 여백이다. 일단 파란색 물감과 보라색 물감을 팔레트에 조금씩 짰다. 붓으로 소심하게 살살 섞었다. 짙은 보라색이 될 줄 알았는데 깊은 바다색이 나왔다. 마음에 든다. 쿡 찍어 캔버스 제일 위쪽 가장자리부터 칠하기 시작했다. 오로라 그림을 보고 시작했지만 왠지 그림 한가운데로 길을 내고 싶어 쭉 뻗은 숲길 사진을 찾아서 보며 그렸다. 그림도 그리는 사람의 성격을 닮는 걸까? 색을 팍팍 칠하면 좋으련만 그게 잘 안 됐다. 자꾸 망설이는 붓 터치가 이어졌다. 슥슥 대충 그린 스케치는 아크릴 물감에 금방금방 먹혀 잘 보이지 않았다.

음, 좀 더 과감하게 색을 칠해 보셔도 좋을 것 같아요.

자, 예를 들면 이렇게!

내 손이 주저하며 방황하는 모습을 보셨던 걸까.
선생님이 다가와 내 앞에 놓여 있던 제법 큰 붓을 들
었다. 그러고는 물감 여러 개를 꾹꾹 눌러 짠 후 거침
없이 붓을 놀리기 시작했다. 그러자 마법 같은 일이
벌어졌다. 망했구나 싶었던 그림이 조금씩 살아나
기 시작했다. 어두운 부분이라 힘을 잔뜩 주고 칠했
던 부분도 선생님은 깃털처럼 가볍게 툭툭 치고 지
나갔다. 그런데도 내가 칠했던 것보다 배는 깊고 어
두운 색이 나왔다. 힘의 문제가 아니었구나. 저렇게
가벼운 손놀림 아래에서도 이토록 깊은 색이 나올
수 있다니! 새로운 경험이었다. 색이 여기에서 더 짙
어져서 다른 색들을 침범하거나 덮어 버리면 분명
망치고 말 것이라는 두려움도 조금씩 사그라들기
시작했다.

이렇게 크게 크게, 슥슥 자유롭게 한번 칠해 보세요.
아, 괜히 망할까 봐...
아크릴화는 망한다는 개념이 없어요. 왜냐하면
초반에도 말씀드렸지만, 덧칠을 하면 되거든요. 원하는
대로 안 되었거나, 망쳤다는 생각이 들면 그 부분이

마를 때를 기다렸다가 다시 칠하세요.

그랬다. 아크릴화는 덧칠이 가능했다. 원하는 색
감이 아니거나 실수를 했을 때 다시 칠하면 된다. 과
감하고 용기 있게 붓질을 해 보자. 조금 망하면 어때.
그 위에 다시 새롭게 칠하면 된다. 망한 부분이 아예
사라지거나 없어지지 않는다 해도 그조차 뭐 어떤
가. 툭툭 아무렇지도 않게 붓질을 해 보자. 어느 순
간 나는 내가 그리는 그림에 몰입하기 시작했다. 어
린 날의 시간이 잠시 돌아온 것 같았다. 그때 나는 내
가 원하는 색을 원하는 방향대로 마음껏 칠할 줄 아
는 꼬마였다. 그리는 도구도, 칠하는 방법도 다양했
다. 어느 날은 크레파스로, 또 어느 날은 수채화 물감
으로 하얀 도화지를 마음껏 채우면서 내가 좋아하
는 풍경을 눈앞에 펼쳐 보였다. 그때를 어느새 까마
득히 잊고, 나는 인생이 단 하나의 도구와 방법으로
만 그릴 수 있는 그림인 양 착각하며 전전긍긍했다.

수채화처럼 한번 칠하면 여러 색이 뒤섞여서 탁
해지고 종이가 울어 다시 고치기 힘들 거라 생각했

는지도 모른다. 하지만 인생을 그리는 방법에 수채화만 있는 것이 아니다. 아크릴화처럼 마를 때를 기다려 덧칠하거나 콜라주처럼 아예 다른 재료를 가져다 붙여 버려도 된다. 그런 생각을 하니 마음이 탁 풀리면서 자유로워졌다. 그림을 그리는 과정이 주는 순수한 기쁨도 순간순간 되살아났다. 나뿐만이 아니라 그날 모인 모두가 어느 순간 입가에 미소를 띠고 있었다. 마음으로부터 우러나오는 미소를 지어본 게 언제였던가. 몰두한 사람에게서 나올 수 있는 진지한 눈빛으로 캔버스만 바라보며 두 시간을 보냈다. 그러는 사이 캔버스에는 한 번도 그려본 적 없는, 그러나 내가 꼭 사랑하고 있었던 풍경이 나타났다.

조금 외롭고 추워 보이는 길이었다. 얼음으로 뒤덮인 연보라빛 길은 어딘지 모를 곳으로 이어져 있었는데 그 위의 하늘은 청록과 보라가 뒤섞인 푸른색을 띠고 있었다. 시간으로 말하자면 새벽 세 시쯤 될까. 푸른 보랏빛 시간. 왠지 내 마음속 같았다. 언젠가 이런 풍경을 실제로 보게 된다면 오늘을 떠올리게 될까.

선생님께 펜을 받아 날짜와 사인까지 적고 소중히 포장해 봉투에 넣었다. 모두 자신이 원했던 그림을 하나씩 들고 화실을 나섰다. 찬란하게 볕이 쏟아지는 정오였다. 사람들과 헤어진 후 길을 따라 내려가는데 멀리 엄마가 보였다. 공간 화실에 다니던 꼬마를 엄마는 기억하실까. 엄마와 팔짱을 끼고 나란히 길을 걸었다. 겨울인데도 춥지 않았다. 따뜻한 쌀국수를 한 그릇씩 먹고 내가 그린 그림을 구경하고 집으로 돌아온 밤에 나는 모처럼 깊은 잠에 들 수 있었다. 꿈조차 없는 밤이었다.

그때 그린 그림은 여전히 내 방에 걸려 있다. 지금 봐도 썩 잘 그린 그림은 아니다. 다만 내가 지나온 한 시절의 풍경을 그대로 옮겨 놓은 듯해 나는 무척이나 마음에 든다. 그 당시를 떠올리면 지금도 조금 쓸쓸하고 외로운 마음이 들지만 그조차 내 인생의 일부임을 그림을 그리고 나서야 깨달았다. 그리고 또한 가지. 내가 망했다고 생각할 때마다 구세주처럼 나타나 다시 그림을 살려 주셨던 선생님의 과감한 붓 터치가 여전히 생생하다. 이 역시 꼭 사람의 인생 같아서 마음에 남았다. 내가 내 그림의 일부를 망쳤다며 좌절했을 때 망한 그림이란 없다며 조금 실수했다면 그저 다시 덧칠하면 된다고 말해 주는 사람이 있다는 사실만으로도 위안을 얻었다. 나는 푸른 보랏빛 시간을 그렇게 건너왔나 보다.

운전을 할 수는 있는데요

★

운전면허를 딴 것은 서른두 살이 되던 해 여름이었다. 당시 다니던 회사를 그만두고 이직하기 전 잠시 시간이 생겨 뭘 할까 하는데 마침 오빠가 차를 바꾸려 한다는 소식을 들었다. 오호, 그렇다면 그 차를 내가 타면 어떨까? 당시 오빠는 아빠께서 물려주신 구형 세단을 몰고 있었고, 오래되긴 했지만 나름 잘 굴러가고 있었다. 이렇게 떡 줄 사람은 생각도 않는데 일단 마음을 먹어 버린 나는 벌써 신이 나기 시작했다. 하지만 면허가 없으니 달라는 말을 차마 할 수가 없었다. 당장 집 근처 운전 학원에 등록부터 했다. 1종인지 2종인지 선택해야 했는데 불현듯 오빠가 이런 말을 했던 기억이 떠올랐다.

남자는 1종이지!

당시 대학교 신입생이었던 오빠는 면허를 딴 날 내 방문 앞에 서서 하하하 웃으며 그랬다. 장난이었음에도 나는 당장 뿔따구가 났다. 아니, 왜 남자만 1종이야? 여자도 1종이야! 아직 고등학생이었기 때문에 그게 다 무엇이고 정확히 어떤 차이가 있는지 잘 몰랐지만 일단 우기고 봤다. 그리고 10여 년이 흐른 어느 날 나는 기어코 그날의 장면을 떠올리며 1종으로 시험을 쳤다. 쓸데없는 승부욕이 발동한 까닭이다.

아가씨, 왜 1종으로 시험을 봐요?
네? 아, 그... 예, 뭐.
이거 복잡해~ 시동도 잘 꺼지고~
아, 네에. 뭐, 잘해 볼게요(기계치이지만 목숨이 달린 일이니 알아서 잘해 볼게요).

재미있게도 교습을 받는 내내 꽤 많은 사람들이 왜 굳이 1종으로 시험을 보는지 물어보았다. 아니, 뭐 볼 수도 있지 나 참. 아무튼 우여곡절 끝에 면허를 땄고, 오빠는 계획이 변경되어 결국 차를 바꾸지 않았다. 그렇게 면허만 덩그러니 남았고, 나는 자연스럽게 장롱면허 소지자가 되었다. 사실 살면서 차가 꼭 필요했던 순간은 손에 꼽는다. 몇 번인가 오늘은 정말 차로 이동했으면 좋겠다고 생각한 적은 있지만 대중교통으로 또 어떻게든 오갈 수 있었기 때문이다. 그런데 운전면허 취득 후 본격적으로 프리랜서 강사로 생계를 유지하게 되면서 차는 무엇보다 필요한 도구가 되었다. 그러나 불안정한 소득 구조 안에서 정기적으로 나가는 비용을 감당할 자신이 없어 여전히 운전이란 먼 나라의 일로만 여기고 살았다. 그렇게 시간이 흐르고 다시 새로운 직장에 지원할 무렵 바야흐로 그 순간이 오고야 만 것이다.

운전은 해요?

예? 아, 그... 연습 중입니다. 면허는 진작 땄는데 아직 차가 없어서요.

아, 우리는 워낙 출장이 많아서 운전을 꼭 할 줄
알아야 돼요. 아시죠?

넵! 출근 전까지 익숙해지도록 하겠습니다.

운전이 필요한 직무임은 알고 있었다. 꼭 이 일을
하지 않더라도 이제는 정말 운전을 해야 하지 않을
까 생각하던 차에 면접 연락이 왔고, 그 자리에서 나
는 얼결에 연습 중이라고 해 버렸다. 망했네. 어떡하
지? 뭘 어떡해. 연습한다고 했으니 진짜로 연습을
하면 되지. 입사까지 한 달이 남은 시점이었다. 나는
사기 취업자가 되지 않기 위해 또 얼결에 운전 연수
를 받게 되었다.

엄마, 저 운전해야 할 것 같은데요.

뭐? 왜?

면접 본 곳에서 운전할 수 있냐고 해서 연습 중이라고 해
버렸어요.

그래? 그럼 뭐, 해야지.

제가 오늘부터 도로의 안전 운전왕이 돼 보겠습니다!

...라고는 했지만 면허를 딴지 5년이 지난 터에 감이란 게 남아 있을 리 없었다. 실로 난감한 상황이었다. 35년 차 무사고, 무벌금 운전자이신 아빠께선 딱 10시간만 연수를 받고 시골집으로 내려오라 하셨다. 나는 그나마 익숙한 차종으로 연수를 신청해 정말 딱 10시간 연수를 받은 후 귀향길에 올랐다.

시골집에서 가장 가까운 역에 내리니 멀리 익숙한 차가 보였다. 손을 흔들면서 뛰어가는데 가만 보니 운전석에 계셔야 할 아빠께서 조수석에 앉아 계신다. 뒷자리에는 불안한 표정의 엄마께서 바짝 긴장한 채 타고 계셨다. 엇? 이거 뭔가... 불길한데...? 아니나 다를까. 차창으로 얼굴을 빼꼼 내밀자 아빠는 손짓으로 운전석에 올라타라는 신호를 주셨다.

...제가 운전하나요?

그래.

...끝까지요?

(끄덕)

구원의 손길을 바라며 엄마 쪽을 보니 불안하게 웃고 계셨다. 망했다. 참고로 시골집 차는 12인승 승합차였다. 오빠가 타던 구형 세단은 차가 노후해 벌써 폐차를 시켰고, 집에 남은 운전 가능한 차량이라고는 이 승합차밖에 없었는데 중형 세단으로 고작 10시간 정도만 운전을 하고 내려온 내게는 시작부터가 '은은한 시련'이었다. 운전이란 계속해 봐야 는다. 아빠 말씀이 백 번 옳았지만, 그것도 일단 목숨을 부지한 후에야 가능한 일이 아닐까요? ...라는 말씀은 입이 방정일까 봐 못 드리고 에라이 모르겠다 운전석에 올라타 일단 주행을 시작했다.

집으로 가는 길은 일반 도로와 농로가 섞여 있어 나름의 스킬이 필요하다. 특히 집 가까이에는 오직 농로밖에 없다. 논두렁길이라 폭이 좁고 양 옆으로 깎아지른 곳이 많아서 가다가 문득 내려다보면 아찔해졌다. 그런 만큼 조금만 비뚤게 가거나 잘못 꺾으면 굴러 떨어지거나 처박힐 수 있었다. 어찌어찌 일반 도로에서의 주행을 잘 마치고 농로로 들어섰다. 어우, 잘하네! 뒷좌석 창문 위 손잡이를 양손으로 꼭 붙든 엄마께서 얼어붙은 목소리로 칭찬해 주셨다. 엄마, 편안하신가요? 어우, 그러엄! 아주 좋네. 집에 도착하면 손목 파스부터 찾으셔야 할 것 같은 느낌으로 계속 칭찬해 주셨다.

한편, 아빠께선 내가 핸들을 조금만 잘못 틀어도 어허이! 어어어! 어허!를 연발하셔서 심장이 튀어나오는 줄 알았다. 운전 시작한 지 겨우 10분 지났는데 벌써 집에 가고 싶군. 내가 왜 운전을 한다고 했을까. 도로 폭이 들쑥날쑥한 농로 때문에 신경이 곤두섰다. 게다가 차체가 크다 보니 농로 폭에 아슬아슬하게 들어맞아 지금 차 바퀴가 땅을 밟고 가는지 공중을 날아가는지 잘 안 보였다. 아빠! 차 옆으로 얼마나 여백(?)이 남았는지 잘 안 보여요! 그러면 아빠는 어엉? 여백이 뭐여? 하셨다. 아, 그걸 누가 일일이 보고 가? 그냥 감이지! 살짝살짝 보면서 감으로 가는 거여! 운전 경력 10시간 14분 만에 감으로든 뭐로든 일단 가고는 있는데 모르겠다. 정말 그냥 가고만 있는 것 같다. 그렇게 얼마나 갔을까. 이제 정말 집으로 가는 막바지 코스가 나왔다. 진입부터 커브길이 많

아 더럭 겁이 났다. 농로 위를 시속 5킬로미터로 거의 기어가다시피 가고 있으려니 아빠께서 조용히 한 말씀하셨다.

잘하긴 하는데 속도를 조금 올려 봐도 좋고...

살짝 더 밟아 시속 9킬로미터 정도로 간 것 같다. 정녕 잘하고 있는 것일까? 집에 다다를 무렵에는 옆집 개들이 쫓아와 왕왕대는 통에 정신이 쏙 빠졌다. 악! 쟤들 밟으면 어떡해요? 악! 따라오지 마아! 똥강아지 바보들아! 큰일 나! 가장 큰일 난 것은 나였지만 이렇게 소리를 벅벅 지르며 무사히 집 앞에 도착했다. 집 구조상 전면 주차를 해야 하기 때문에 또 한참 걸려 주차까지 완료했다. 차에서 내리는데 땀을 어찌나 흘렸는지 겨울인데도 몸이 후끈후끈했다.

그러는 사이 합격 연락이 왔고 출근이 확정되었다. 딸내미가 취업 사기로 쫓겨날까 봐 아빠는 입사까지 남은 시간 동안 매일 2회에 걸쳐 3시간씩 운전 연습을 시키셨다. 오전에 밥 먹고 나가서 먼 길을 돌고, 오후에 들어와 밥 먹고 다시 근처를 돌았다. 어느 날은 길을 잘못 들어 복잡한 도심 쪽으로 빠져 버렸는데, 그날따라 아빠와 엄마께서 말다툼을 하시는 통에 나는 길도 모른 채 계속해서 앞으로만 내달리게 되었다. 결국 시골집에서 한참 떨어진 곳까지 아주 먼 길을 돌아 여행을 하고 왔던 기억이 있다. 길을 가다가 공원 주차장에 자리가 많이 비어 있으면 주차 연습도 했다. 차가 크고 후방 카메라가 없어 애를 먹긴 했지만 그러는 사이 조금씩 실력이 늘었다.

아빠는 워낙 성격이 급하시고 표현도 가끔 극단적으로 하실 때가 있어 운전을 하는 동안 나는 많이 쫄았다. 어, 위험해! 하시면 되는데 아빠는 꼭 '어어억! 큰일 나! 죽어!'라고 하셨다. 물론 목숨이 달린 일이라 정신이 번쩍 들게 하려는 마음이셨겠지만 나는 그럴 때마다 잔뜩 주눅이 들어 당장이라도 운전석을 탈출하고픈 마음이 들었다. 아, 아빠아... 조금만 작게 말씀해 주세요. 귀가 빵꾸날 것 같아요. 그러면 또 흠흠! 하고 모른 척 앞만 보셨다. 어느 날은 폭이 좁고 옆길이 낭떠러지처럼 위험한 농로를 지나게 되었는데, 그 길이 저 멀리 보이자마자 '즉사의 길'이 나왔다고 하셨다. 여기서 잘못 돌면 즉사야! 즉사! 뒤에 계시던 엄마께서 질색을 하셨다. 나는 또 잔뜩 쫄아서 기어가기 시작했다. 아, 속력을 내! 아니, 즉사라고 하시니까 너무 떨리잖아요... 내가 볼멘소리를 하자 아빠께서는 또 아무 말씀 없이 흠흠 앞만 보셨다. 그렇게 즉사의 길도 몇 번을 오가며 수월하게 다니게 되었다.

그렇게 한 달을 보내고 나는 입사를 했다. 출장이 본격화된 여름부터는 회사 차로 운전도 하게 되었다. 아직 초보라 주로 조수석 차지였지만 몇 번인가 서울 시내를 운전하고, 지방 출장에서는 몇 도시를 오가며 운전할 기회도 얻었다. 처음에는 무척 떨렸지만 그때의 경험이 큰 도움이 되어 그 후로는 더 이상 운전할 기회를 피하지 않았다. 그렇게 시간이 흘러 회사를 나오고 나서도 운전은 이어지고 있다. 안한 지 오래되면 잊는다고 아빠께서는 내가 시골에 내려갈 때마다 운전 연습 삼아 이리저리 다니자고 하신다. 운전 연습은 핑계 삼아 말씀하시는 것 같다.

얼마 전에도 사람이 드문 평일을 틈타 가까운 사찰
에 다녀왔다.

　아무도 없는 평일 한낮의 길을 산들산들 달린다.
조수석에는 아빠, 뒷자리에는 엄마를 모시고 커피
를 담은 보온병과 바나나 두어 개, 강냉이 한 봉지를
싣고 떠나는 여행이다. 이제 엄마는 가끔씩 주무시
기도 하신다. 운전에 좀 익숙해졌다고 내가 조금 느
슨해지기라도 할라치면 벼락같이 아빠의 호통이 쏟
아진다. 아이고오, 애 놀래요. 엄마께서 뭐라 하시면
아빠는 '아니, 큰일 나아! 잘못하면 죽어!' 하신다. 그
럼 또 나는 아흑, 아빠아! 혼자면 더 잘할 수 있을 것
같아요 볼멘소리를 한다.

　하지만 알고 있다. 먼 훗날 언젠가 정말로 조수석
이 비고 뒷자리에도 쓸쓸한 바람만이 불어오면 결
코 잘할 수 없는 시간들이 분명 있으리라는 것을.

　서른 해가 훌쩍 넘어서야 운전을 시작한 내가 어
느 날 나의 차를 몰고 어디론가 훌쩍 떠났다가 돌아

올 수 있게 된다면, 그건 옆자리에 앉아 하나부터 열까지 시시콜콜 알려 주었던 사람들의 걱정 어린 말과 마음이 모이고 모인 덕분일 것이다. 어쩌면 차라는 건 가솔린이나 디젤, LPG 가스, 전기 이런 연료들로 가는 게 아니라 위험한 첫출발을 조마조마해하며 내 일처럼 지켜봐 주었던 옆 사람들의 염려로 움직이는 건지도 모른다.

무엇보다 다 큰 딸의 안위를 오래도록 지켜주고픈 아빠의 뜨거운 마음은, 내가 운전대를 잡는 한 영원히 닳지 않을 가장 큰 연료이겠다.

샘, 이 답은 안 돼요?
응, 안 돼...

★

서른아홉, 30대의 마지막 해가 밝고 나는 우연한 기회로 한 고등학교에서 국어 과목을 가르치며 아이들과 북적북적한 시간을 보내게 되었다. 첫 학기는 시간 강사로 그리고 두 번째 학기는 기간제 교사로 일했는데, 한 해가 마무리될 무렵에야 학교라는 공간에 좀 익숙해졌다. 3월, 첫 출근을 앞두고 두려움과 설렘을 동시에 느끼며 잠 못 이루던 밤이 엊그제 같은데 벌써 일 년이 흘렀다니. 하루는 긴데 일주일은 짧고 한 달은 긴데 일 년은 또 짧은 시간의 마법이, 올해도 여지없이 삶을 뒤흔들어 놓는다. 언제쯤 시간 사용법에 대해 통달할 수 있을까.

그동안 여러 학교들을 오가며 그래도 학교가 돌아가는 사정에 대해서는 꽤 밝은 눈을 가지고 있다고 생각해 왔다. 그러나 그건 큰 오산이었다. 막상 학교에 소속되어 본격적인 교과 교사로 일을 하다 보니 그동안 내가 학교에 대해 알고 있었던 것이 대체 무엇인지, 사실은 까막눈과도 같은 처지였다는 것을 금세 깨달았다. 신규 교사가 고민함직한 걱정 근심들을 하루에 수십 개씩 껴안은 채 끙끙 앓고, 학교가 처음인 사람들이 저지를 수 있는 온갖 실수를 나도 한 번씩 다 거치며 이불킥도 수백 번 했다.

　하지만 과정은 언제나 그렇지 않던가. 동료 선생님들이 보내온 수많은 도움의 손길과 아이들이 보여준 세상에 대한 아직 때 묻지 않은 신뢰 덕분에 결국 주어진 시간을 무사히 마무리할 수 있었다. 그럼에도 내가 학교에 머물며 저지른 자잘한 실수들과 솟구쳐 오르는 자괴감에 잠 못 이룬 순간들에 대해 글을 쓴다면 족히 책 한 권은 나오지 싶다. 게다가 나이가 적기나 한가. 곧 불혹이 아닌가. 나잇값을 전혀 못하고 '어른답지 못한 어른'의 표상으로 살아온 건 아닌지 또 괴로움이 인다. 그럴 때마다 '샘, 샘!' 하고 앳된 목소리로 나를 부르며 바라봐 주던 아이들의 말간 눈빛을, 아주 작은 일에도 까르르 웃으며 하트를 그리고 가던 내 인생의 첫 제자들을 생각하자. 그리고 힘들 때마다 보려고 남몰래 모아둔 풍경들을 재빨리 떠올리자. 그 풍경 속에서도 제일 먼저 등장하는 것은 역시 아이들이다.

3월, 어느 봄날의 목요일. 4교시 A반 수업이었다. 수업을 마치면 곧바로 점심시간이라 아이들은 늘 살짝 들떠 있다. 3월 신학기가 된 지 얼마 안 돼서 그런지 아니면 내가 괜히 혼자 어색해서인지 아이들과 친해지기가 영 쉽지 않았다. 이렇게 저렇게 말을 붙여 봐도 돌아오는 반응은 영 시원치 않았다. 하긴 작년에는 못 보던 얼굴이 갑자기 나타나 친한 척하며 말을 붙이면 나라도 어색하고 불편하겠다. 사실 나도 수줍음이 많은 편이라 교실에 들어가 수업을 시작하기 전까지 아이스 브레이킹을 하는 시간이 생각보다 힘들었다. 교실 문을 열고 들어섰을 때 쏟아지는 눈길들, 자리에 앉히기, 수업 시작을 알리고 출석부에 사인을 하고 몇 마디 안부를 묻는 그 짧은 순간. 이 시간이 내게는 수업으로 잘 들어가기 위한 동기 부여만큼이나 신경 쓰이고 중요했다. 마치 항공기 이륙과도 같다고 할까. 항공기가 순항하기 위해서는 우선 이륙과 착륙이 무탈하게 잘 되어야 하니까.

그런 부담과는 별개로 그동안 무수히 많은 학생들과 만나 왔기에 적어도 아이스 브레이킹만큼은 자신 있게 해내는 편이라고 여겼다. 그런데 웬걸. 이번에는 쉽지 않았다. 학기 초부터 코로나 확진자가 대폭 늘고, 자가 격리와 검사 대기로 인한 결석이 잦아지면서 학생들과 관계를 형성하고 쌓아가는 일이 녹록지 않았다. 그래서 하루는 출석부에 사인을 하면서 나도 모르게 푸념처럼 그랬다.

아이구, 이 녀석들아. 샘한테 대답 한번 해 주면 안 되니? 우리 좀 친해지자구.

그냥 지나가는 말로 웃으며 그렇게 한번 툭 던졌다. 내 말에 아이들 몇 명이 미안한 듯 겸연쩍게 웃었다. 그러고서 금세 잊어버리고 또 신나게 수업을 하고 나왔는데 그다음 수업이었나. A반에 들어서는데 문을 열자마자 우당탕탕 자리에 앉고 난리가 났다. 그러더니 입을 모아 안녕하세요오! 를 외쳤다. 어머, 어쩐 일이야? 그러면서도 기분이 좋아 활짝 웃었다. 기쁜 마음으로 출석부를 열어 사인을 하는데 교탁 바로 앞에 앉은 진서가 나를 흘끔흘끔 보며 뭔가를 말할 듯 말 듯 주저하는 게 느껴졌다. 응? 무슨 할 말이 있나? 살짝 고개를 들어 쓱 쳐다보니 쑥스러운 목소리로 그랬다.

선생님, 오늘 급식 말인데요...
응? 급식?

갑자기 웬 급식? 두 눈을 동그랗게 떴더니 진서가 씩 웃으며 그랬다.

뭐 나오는지 아세요?
오, 뭔데? 맛있는 거야?
짜장면요.

그러더니 두 눈이 멋쩍게 빙글 웃었다. 오! 맛있겠네! 짜장면도 다 나오고! 나도 모르게 탄성처럼 내뱉었다. 내 말에 주위 몇몇이 오, 뭐야? 오늘 짜장면? 오예! 하며 개글개글 웃었다. 학교에 오고 전학생처럼 맴돌던 마음이 그 순간 탁 멈추어 섰다. 진서가 아이스 브레이킹을 해 주었구나. 고민하고 주저하다가 부끄럽고 쑥스럽지만 용기를 내어 말을 걸어 주었구나. 어른인 내가 아이에게 말을 먼저 건네는 것도 쉽지 않은데, 진서가 내게 말을 건네기는 훨씬 더 어려웠겠지. 그럼에도 먼저 말을 걸어 준 아이가 너무나 고마웠다. 그러고 보니 진서에게 고맙다는 말을 아직 못 했다. 더 늦기 전에 슬쩍 이야기해야지. 오늘은 급식이 뭐니 하고. 그때 먼저 말을 걸어 줘서 고마워 하고. 제가 그랬어요? 그러면 어, 네가 그래서 참 고마웠어 하고. 그때를 떠올리면 마음 한가운데가 모닥불을 지핀 듯 따스해진다.

한날은 이런 일도 있었다. 여름방학 직전, 아이들은 일주일 꼬박 기말 시험을 보았다. 아침에 출근해 시험 감독 시간표를 확인하고, 만약을 대비해 컴퓨터용 사인펜이나 수정 테이프 등 여러 물품을 챙겨 해당 교실로 이동한다. 아이들도 바쁘다. 직전의 직전까지 책을 훑어보다가 전자 기기를 제출한 후 다시 바쁘게 책을 넘긴다. 예비종이 울리고 이제 정말 시간이 얼마 남지 않았다. 그 짧은 시간에 뭐가 얼마나 더 눈에 들어오겠느냐마는 그럼에도 끝까지 책을 놓지 못하는 초조한 마음을 나도 잘 안다.

아이들이 시험을 보는 동안 나는 앞 혹은 뒤에서 그 모습들을 물끄러미 바라보며 많은 생각을 했다. 방해되지 않게 최대한 고요히 석상처럼 있어야 하기 때문이다.

운이 좋다면 앞으로 한 40년은 더 살 수 있을까. 그러면 그때 나는 뭘 하고 있을까. 뭘로 먹고살고 있으려나. 아, 그러고 보니 이따 점심은 또 뭘 먹나. 덥고 귀찮다. 이렇게 더운 걸 보니 비가 오려나. 가만, 가방에 우산이 있던가. 우산이 아니라 참 양산을 하나 사야 하는데 어디서 살까. 끊임없이 소비를 하게 되네. 올바른 소비를 해야 하는데, 올바르다는 건 과연 뭘까. 그것도 시대와 상황에 따라 달라지는 거 아닌가. 그렇다면 절대적인 기준이란 건 없는 걸까. 절대적인 윤리관에 따르면...

순간, 학생이 손을 번쩍 들었다. 어억! 기다려!

후다닥 달려가 들여다보니 OMR 표기 수정 건이다. 수정 테이프를 내밀었다. 학생이 수정 테이프를 받아 조심조심 OMR 카드의 답을 바꾼다. 부디 고친 게 맞기를 바란다, 친구야. 다시 자리로 돌아와 생각을 이어 가려는데 무슨 생각을 하고 있었는지 기억이 안 난다. 이런 식으로 시험 감독을 마무리하고 집으로 돌아오면 내가 시험을 본 것도 아닌데 마음이 괜히 이상하고 울적했다.

그렇게 시험이 모두 마무리되면 학교는 은근한 해방감과 방학에 대한 기대로 들썩인다. 시절은 수상해도 학교는 학교다. 방학 전까지 수행평가 점수와 기말고사 점수를 모두 확인하고 입력해야 하기 때문에 교무실은 시험 이후가 더 바쁘게 돌아간다.

반마다 서술형 답안을 확인시키고 왜 이런 점수가 나왔는지, 왜 답인지, 왜 답이 아닌지 설명하는 시간을 가진다. 서술형 문제 같은 경우, 학생들의 답이 너무 광범위하게 나오지 않도록 서술 조건을 최대한 명확하고 친절하게 제시하는 편이다. 2어절로 쓰라고 하거나, 보기에서 찾아 쓰라고 하는 식이다. 이번에 출제된 문제 중 하나가 작품과 작가의 생애를 비교해 빈 칸에 알맞은 말을 찾아 쓰는 것이었다. 보통 '찾아' 쓰라고 하면 제시된 지문이나 보기에서 '찾아서' '있는 그대로'를 옮겨 써야 한다. 시험 문제를 검토하면서 너무 쉬운 것 아닌가 하는 의견을 같은 교과 선생님들과 나누었더랬다. 그런데 의외로 답을 제대로 못 쓴 친구들이 좀 있었다. 역시 출제자의 생각과 실제 답안에는 차이가 있구나.

그리고 여러 기상천외한 답들도 있었다. 가령, '정유재란'이 답이면 '정유재의 난'이 속속 눈에 띄었다. 아이들이 아오! 하면서 뒷머리를 북북 긁었다. 아, 샘... 안 되나요. 안 되겠죠... 응, 안 돼... 정유재가 대체 누구야. 게다가 보기에서 찾아 쓰는 거잖아.

흑, 그니까요. 안 되겠죠? 안 되겠네요. 그나마 읍소라도 하는 아이는 시험에 마음이 있는 거다. 시험 따위야! 하며 쿨하게 대처하는 아이들은 내가 답안을 펼치기도 전에 옙썰! 하고 사라진다. ○○아, 채점한 거 봤어? 아아, 네에! 아니, 뭐라도 쓰지 왜 백지야! 씨익- 2학기에는 뭐라도 좀 써 봐 알았지? 예엡! 하여튼 아주 대답들은 천하제일이다. 이건 마치 누구와 같구나. 가령, 지금 이 글을 쓰고 있는 특기가 호언장담인 사람이라든지.

이런 답들도 있었다. 예를 들어, 답이 '양녕대군'이라면, 얼마나 급하게 썼는지 '양념대군'이나 '앙녕대군', 심지어 '안녕대군'으로 보이는 답들이다. 그러면 선생님들끼리 다 같이 모여 머리를 맞대고 이것이 과연 '양녕'인지 '양념'인지 '앙녕'인지 '안녕'인지 토론을 벌인다. 만일 이리 보고 저리 보고 다시 보고 또 보아도 아무래도 잘못 쓴 게 분명하다면 이번에는 완전히 틀리게 할지 그래도 알고는 있는 것이니 부분 점수를 부여할 것인지를 두고 다시 토론을 한다. 어렵다. 마음 같아서는 최대한 점수를 좋게 주고 싶지만, 정확하게 쓰는 것도 평가의 일부이니 안타까워도 어쩔 수 없는 경우들이 많다. 그럴 때마다 짐짓 엄격하게 이야기를 하지만 마음속으로는 아주 미안하다. 그래, 네 마음 이해해. 알고 있었는데 시간이 부족해 날려 썼을 수 있지. 그렇게 쓰려고 한 게 아닌데 그렇게 써 버렸을 수도 있지. 하지만 그 역시 다 연습이다, 얘들아. 이번을 기회 삼아 다음부터는 안 그러면 돼. 그걸 연습하라고 학교가 있는 거지. 하지만 그러기에는 또 학교가 너무 입시에 근접해 있는 것이다. 특히 고등학교는 이 문제에서 자유롭기가 쉽지 않다. 참 고민이 되는 지점이다.

그리고 여담이지만 학기 초에 아이스 브레이킹을 먼저 해 주어 나를 감동시켰던 진서도 답을 '정유재의 난'이라고 썼다. 여러 번 답을 지우고 고군분투한 흔적에 더욱 안타까웠다. 진서야, 관형격 조사는 왜 넣었니. '정유재'라는 사람은 없단 말이야. 그래도 다른 답은 다 맞았구나. 고생했다. 벌써부터 으아아아아 하는 목소리가 들린다. 샘, 이 답은 안 돼요? 안 되겠죠? 흑흑. 응, 안 돼... 이거 맞으면 '임진왜의 난'

도 맞고, '병자호의 난'도 맞단 말이야. 우리가 역사를 바꿀 순 없잖니. 그렇겠죠? 맞아요... 아, 내가 왜 그랬지... 터덜터덜 자리로 돌아가겠지.

이렇게 나는 적지 않은 나이에 학교로 돌아와 교단에 서면서 그 어느 때보다 많은 것을 느끼고 배우며 여전히 자라는 중이다. 문득 아직 시간강사로 일하던 어느 봄날의 퇴근길이 생각난다. 일주일에 두 번, 오전 시간만 근무하기에 늘 퇴근길이 조심스러웠다. 혹시라도 내가 가르치는 아이들과 마주칠까 걱정이 되었기 때문이다. 일부러 숨기려는 건 아니었지만 정교사와는 다른 신분을, 학부모나 아이들이 혹여 단점으로 생각할까 봐 조금은 움츠러들어 있던 그 즈음. 한날은 퇴근길에 기어코 한 무리의 아이들과 떡하니 마주쳤다.

엇, 샘! 설마 지금 집에 가시는 거예요?
앗! 응!
왜 벌써 가세요?
어, 샘은 이제 뒤에 수업이 없거든. 부럽지?

내심 당황했지만 겉으로는 아무렇지도 않은 척 대답했다. 그러면서도 아이들의 반응이 어떨까 눈치를 살피는데 내 말에 일제히 우와아 하며 저희들끼리 왁자지껄했다. 그러더니 한 아이가 아오! 하는 얼굴로 말했다.

와씨! 샘! 완전 개부러워요!!!

나도 모르게 웃음을 터뜨리고 말았다. 시간 강사라 일찍 가는 건데 그것도 모르고 부럽다니 이 녀석들. 너무나 아이들다운 답변에 한참을 웃으며 걸었다. 그런데 아이들의 말을 곱씹을수록 마음 한구석이 왠지 모르게 애틋하니 따뜻해지기 시작했다. 보이는 것을 그대로 믿는 아이들의 순수한 눈 때문일까. 그러다 문득 내가 타인의 시선을 너무 의식한 나머지 필요 이상으로 움츠러들어 있었다는 사실을 깨달았다. 내가 살아온 길을 스스로 떳떳하게 여기며 살아야지, 남의 시선이나 평가에 얽매이지 말아야지 하면서도 어느새인가 또 잊고 있었다. 적지 않은 나이, 비정규직 신규 교사라는 틀에 갇혀서 말이다. 아이들이 볼 때는 그저 집에 일찍 가는 부러운 선생님인 것을.

그렇다. 세상도, 그 안의 나도 어떻게 바라보느냐에 따라 크게 달라질 수 있다. 학교라는 하나의 틀만 두고 나를 본다면 나이에 비해 경력이 짧은 신규 교사인 것이 사실이겠다. 그러나 조금만 시각을 달리해 학교 너머에서 살아온 시간들로 나를 바라본다면, 이런 나도 누군가에게는 또 다른 의미로 좋은 교사가 될 수 있는 멋진 자격을 갖춘 것이 아닐까.

스스로에 대한 확신이 없는 날, 마음이 수그러드는 날에는 다시 한번 그날의 퇴근길을 떠올려야겠다. 그리하여 나를 부러워하는 아이들의 커다란 외침을 기억하며, 내 자신으로 살기 위해 분투해 온 나를 기꺼이 응원해야겠다.

불혹은커녕 혹혹의 나이지만

★

나는 하루빨리 나이가 들고 싶었다. 한창 좋을 때라
는 20대에도, 왜 그런지 할 수만 있다면 재빨리 30
대가 되고 싶었다. 30대가 되자 이번에는 어서 40
대가 되고 싶었다. 그렇게 빠르고 빠르게 나라는 존
재의 최후에 다다르고 싶었다. 오래된 나를 만나는
일을 걱정하고 두려워하면서도, 지독한 생존 본능
을 느끼면서도 말이다. 역설적인 두 마음을 품고 사
는 일은 쉽지 않았다. 그리고 주어진 시간을 건너는
일 역시 녹록지 않았다. 시간은 모두에게 공평했고,
살아낸 만큼씩만 흘렀다. 어느 시간대를 건너뛰어
다음을 살고 싶다고 그렇게 할 수는 없었다. 괴롭고

힘들어도 통과해야만 하는 시절이 있었고, 이번을 거치지 않고서 다음으로 갈 수는 없었다. 그래서 때로는 빙벽에 매달려 미끄러지는 마음으로, 또 때로는 물기 가득한 풀숲을 가로지르는 마음으로 하루씩 건너 여기까지 왔다. 그럴 때마다 생각했다.

일단 오늘 하루만 생각한다. 그리고 오늘이 지나면 다시 내일 하루만 생각하자. 그렇게 오늘 하루와 내일 하루를 넘겨 보자. 내일이라고 멍청하고 초라한 정도가 줄지는 않겠지만, 그렇게 하루하루를 지나다 보면 내가 다다르고 싶어 하는 최후의 나를 결국에는 만날 수 있지 않을까. 그렇게 서툴고 어리석었던 순간들을 어서어서 멀리 떠나보내고 조금이라도 더 누그러지고 깊어지는 내일을, 만날 수 있지 않을까.

그러한 바람으로 열심히 살았다. 그래야 내 삶이 빠르게 흘러갈 것 같았기 때문이다. '열심'이라는 것은 매우 주관적인 개념이라 바깥의 기준과 비교하는 순간 허약하게 무너지지만, 아무튼 나는 열심히 내게 주어진 나의 하루를 보냈다. 뭔가 보일 때에도, 전혀 보이지 않을 때에도 그저 살았다. 와락 웃거나 펑펑 울거나 꽉꽉 차거나 텅텅 빈 그 중간의 어느 즈음을 위태롭게 밟으며 지나 보내고 떠난 보낸 후에야 간신히 30대의 끝자락에 섰다. 스무 살 이후 이십 년 가까이를 건너왔지만 여전히 나는 처음 스물이 되었던 그때처럼 위태롭고 공중그네를 탄 듯 자주 흔들린다. 불혹은커녕 혹혹이다, 혹혹.

뭐, 그래 어쩌겠는가. 혹혹이면 뭐 어떤가. 사랑과 미움 사이를, 기쁨과 슬픔 사이를, 희망과 절망 사이를 퐁당퐁당 건너며 사는 게 인간의 일인가 보지. 인간으로 태어났으니 이번 생에 주어진 일들을 열심히 하고 간다. 그거면 된다. 살고자 나선 길에서 때로 비에 젖고 가끔 태풍을 만나고 어쩌다 막다른 골목 앞에 서는 일은 당연한 거겠지.

물론 그럼에도 몇 번인가 그간의 행로에 대해 회의를 느낀 적이 있다. 20대 이후 줄곧 제자리걸음인 임금 수준은 그렇다 치고, 가는 곳마다 그곳의 문법을 새로 배우고 적응해야 하는 신입이 되는 일이 쉽지만은 않았다. 사람 만나는 일을 즐길 정도로 외향적인 것도 아니고, 심지어는 중증의 새 학기 증후군을 앓고 있는 주제에 '안녕하십니까. 오늘부터 새롭게 일하게 되었습니다. 잘 부탁드립니다!'를 반복해 외는 일은 확실히 괴로운 지점이 있었다. 그리고 익숙해질 만하면 다시 떠나는 일이 반복되니 나이는 먹고 경력은 계속해서 신입인 이 상황이 점점 내 자신을 옥죄어 왔다.

자, 그렇다면 이제 어딘가에는 정착을 해야 하는 걸까. 지금부터라도 좀 더 안정적인 삶을 위해 당분간 10년, 아니 5년 아니 정말 딱 3년만이라도 좀 진득하게 들어앉아 돈을 벌고 미래를 위해 저축하며 사는 게 필요하지 않을까. 지금이야 건강에 큰 탈이 없고 사회생활도 어떻게든 이어왔지만 더 나이가 들고 혹시나 어딘가 아프기라도 해서 일을 못하게 되면 그때는 어떻게 할 것인가.

이제 곧 불혹이라는 생각이 들자 이런 걱정들이

엄습했다. 나는 아직 가정을 이룬 것도 아니고, 정말 혈혈단신인데 이대로 괜찮은 걸까. 지금까지 괜찮았다고 해서 앞으로도 그러리라는 보장이 있나? 서른 중반에서 후반으로 넘어가던 나이에 이런 고민을 자주 했다. 스물아홉에서 서른으로 넘어가던 시기와는 확연히 다른, 실존적인 불안이 최고조로 달한 때였다. 하지만 별다른 이슈나 변화 없이 그렇게 지금까지 왔고 이제 정말로 마흔을 코앞에 두고 있다. 만 나이로 정신 승리라도 해 볼까 했지만 그게 다 무슨 소용인가. 이번 한 해를 스무 살처럼, 서른 살처럼 혹은 지천명이라는 쉰 살이나 이순이라는 예순 살처럼 살아도 좋은 것을. 그러고 보면 사람은 저마다 다른 나이를 사는 것 같다. 나이가 적다고 해서 깊이가 없는 것도, 나이가 많다고 해서 그만큼의 깊이를 갖춘 것도 아니기 때문이다.

걷고 걸어 온 끝에 30대의 마지막 한 해를 학교에서 아이들과 북적이며 보내고 있다. 어른보다 속이 깊고, 어른보다 배는 열심히 사는 빛나는 청춘들을 매일같이 만난다. 그 안에서 과거의 나를 만나기도 하고 내가 아직 다다르지 못한 미래의 어느 날을 보기도 한다. 무엇보다 내가 생각보다 좋은 사람이 아니라는 사실, 상상으로 그려왔던 훌륭한 교사가 아니라는 사실에 흔들리고 불안해하고 괴로워하는 날들도 많다. 나는 아마도 죽는 날까지 이렇게 '흑흑'인 채로 흔들리며 살 것이다.

그러나 이렇게 흔들리는 것이 나의 일임을, 괴로운 불안에 시달리면서도 어쨌든 오늘을 넘어 내일로 가는 것이 이번 생에 내게 주어진 길임을 이제는 안다. 지금까지처럼 앞으로도 끝내 흔들리며 살아갈 나와 나의 미래를 반기는 마음으로 오늘도 이렇게 하루를 넘는다.

에필로그

★

여전히 배우는 이유

★

내가 나로 살기 위해서 치러야 할 대가는 참 크다. 내 존재를 끊임없이 지우려 하는 세상과 세월과 어떤 사람들에 맞서 내가 누구이고 어디에 있는지를 알아가려는 노력은 40대 이후로도 계속되어야 할 나만의 공부이자 투쟁이 아닐까.

나는 스무 살 이후, 유용하고 쓸모 있는 존재로 살기 위한 하나의 방법으로 배움을 택했다. 그게 무엇이든 일단 열심히 배우면 쓸모 있는 사람이 될 줄 알았다. 그러나 내가 그동안 경험해 온 모든 배움은 정작 중요한 것을 빠뜨린 헛발질에 가까웠다. 나는 내가 배움을 통해 성장하고 있고 나를 비롯한 주변 세계를 충분히 이해했다고 여겼지만, 사실은 전혀 그렇지 않았다. 어쩌면 지금까지 그저 공부를 한 것일 뿐, 제대로 된 배움 속에서 성장하기 시작한 것은 서른이 넘고 나를 다시 배우면서부터인지도 모르겠다. '공부'는 '배움'이라는 결과를 낳기 위한 시작점일 뿐이었는데, 나는 이 사실을 많이 헤매고 나서야 깨달았다. 그렇게 공부가 곧 '결과'라고 착각하며 그 안에서 오래 머물렀고, 나는 내가 무용한 존재이자 불안한 실존임을 깨닫는 데 스무 살 이후의 이십 년을 썼다.

내가 누구인지 모르겠다는 자각과 이대로는 삶의 끝 날까지 제대로 살 수 없으리라는 위기감이, 나를 끊임없는 시행착오로 이끌었다. 그렇게 무수히 많은 시작과 끝냄 사이에서 나는 조금씩 내가 누구인지를 깨달을 수 있었다. 덕분에 많은 곳을 흘러 다니며 살았고, 사는 동안 때로 외롭고 불안했지만 동시에 무척이나 충만하고 벅찬 행복을 느꼈다. 날마다 기존의 내가 지닌 질서를 무너뜨리고 새로운 질서 속에 나를 누이면서 그 무엇에도 결코 익숙해지지 않기를 바랐고, 서걱이는 불편함 속에서 살기를 바랐다. 그래서 늘 많이 외로웠지만 나는 이러한 과정이 곧 사는 일임을, 그 역시 나의 일임을 비로소 알 수 있었다.

나는 여전히 매일매일 나의 질서가 흐트러지고 깨지고 부서져 새로운 질서 속에 놓이기를 희망한다. 내가 진짜로 행복을 느끼는 시공간을 알아차리고 그곳을 향해 용기 있게 한 걸음을 내디딜 수 있기를 바란다. 익숙한 일상에서의 안락함보다는 낯선 세계가 주는 불안과 고통, 슬픔과 좌절을 택하기를. 그리하여 과거의 나가 현재의 나를 흔들어 깨우고 현재의 나가 다시 미래의 나를 추동하기를. 어디에도 머물지 않고 끊임없이 흘러가도록 밀어내고 다시 밀어내기를 희망한다. 한때는 그저 공부가 최고인 줄 알았던 내가, 배움으로 성하고 배움으로 망했다고 여기던 내가, 누구의 삶도 아닌 바로 나 자신의 삶 속에서 가장 오래도록 빛나기를.

그러기 위해 나는 내 삶의 마지막 순간까지 내가 누구인지, 어떻게 살아야 할지에 대해 고민하며 배우는 자로서의 태도를 잃지 않을 것이다. 그것이 내가 최후까지 가져갈 단 하나의 소망이 되기를, 사는 동안 그렇게 계속해서 오래되다가 점차 희미해지며 자연스럽게 소멸해 가기를 바란다.

나는 이 고백을 부끄러워하지 않기 위해 앞으로도 계속해서 배울 것이다. 그리하여 배움의 배신이 반복되더라도 끝까지 배움을 선택하고 포기하지 않은 사람으로 남겠다.

글 엄태주

교육 앞에서는 누구도 차별받지 않는 사회를
꿈꾸며 고려대학교 교육학과에 입학했다.
대학원에서 교육사회학을 공부하던 중 NGO 단체에
들어가 상근활동가로 근무했다.
졸업 후에는 교육기업, 스타트업에서 청소년들의
진로진학 탐색을 돕는 연구원으로 일했고 이후
프리랜서 강사로 학교 현장에서 아이들과 만나
꿈을 찾고 이루어가는 방법에 대해 함께 고민해
왔다. 그렇게 대학 졸업 후 15년간 일곱 개의 직업을
거쳐 지금은 여덟 번째 직업, 쓰는 사람에 머무르고
있다. 글을 쓴 책으로 ‹세상의 모든 ㅂ들을 위하여›
가 있다.

배움의 배신

초판1쇄	인쇄일 2023년 06월 15일
초판1쇄	발행일 2023년 07월 02일
글	엄태주
그림	한차연
펴낸곳	atnoon books
펴낸이	방준배
편집	정미진
디자인	개미그래픽스
교정	박재원
등록	2013년 08월 27일
	제 2013-000257호
주소	서울시 마포구 연남로 30
홈페이지	www.atnoonbooks.net
유튜브	atnoonbooks0602
인스타그램	atnoonbooks
연락처	atnoonbooks@naver.com
FAX	0303-3440-8215

ISBN   979-11-88594-26-9 03810

정가   17,000원

ISBN 979-11-88594-26-9 03810 값 17,000원